http://www.bbulmedia.com

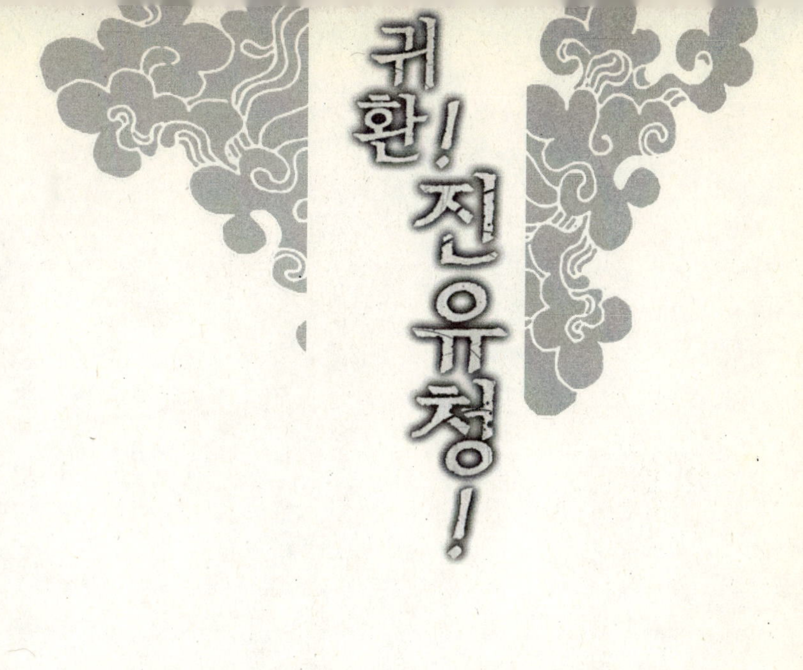
귀환! 진유청!

# 귀환! 진유청!

**3**

무림학관!

로토 신무협 장편 소설

뿔미디어

# 목차

# 第一章

# 두 명의 사고뭉치!

　기절한 남궁혁을 부축하여 상방 숙소를 나서는 상두의 모습은 자못 험상궂었으나, 멀찍이 떨어진 곳에서 그를 지켜보는 나채환과 진유청의 얼굴엔 조금의 두려움도 깃들어 있지 않다.

　나채환은 자신의 옆에 착 달라붙어 뭔가 후련한 얼굴로 키득거리는 진유청을 힐끔거렸다.

　자신이야 원래 가문과는 상관없이 막 나가는 놈이니 이런 사고를 쳐도 그러려니 하겠지만, 갑자기 등장한 이 천둥벌거숭이 같은 녀석은 뭐란 말인가.

　나채환이 어깨로 진유청을 가볍게 툭 밀치며 묻는다.

"이제 어쩔 거냐?"

“뭐가?”

진유청이 돌아보지도 않고 되묻는 말에 나채환이 어이없다는 듯 말을 잇는다.

“남궁세가의 삼공자를 건드렸으니 뒤탈을 어찌 무마할 거냐고.”

멀어져 가는 상두와 남궁혁에게서 시선을 떼지 못하던 진유청이 갑자기 나채환을 향해 고개를 휙 돌린다.

“야, 나채환.”

“으응?”

자신이 언제 이 녀석에게 이름을 가르쳐 준 적이 있던가?

나채환이 속으로 의아해하고 있을 때, 진유청의 목소리가 귀에 파고들었다.

“내가 언제 남궁세가 삼공자를 건드렸다는 거야?”

마치 자기는 절대 그런 적이 없다는 얼굴이다.

검은자와 흰자의 경계가 뚜렷한 진유청의 깨끗한 눈동자를 빤히 바라보던 나채환이 스스로의 잘못을 인정한다.

“내가 잘못 말했다.”

나채환이 좀 전에 자기가 한 말을 정정한다.

“……건드린 게 아니라 납작하게 깔고 뭉갠 다음 무릎으로 거시기를 찍었지.”

“쳇!”

진유청이 못마땅한 듯 콧잔등을 찡그린다.

하여튼 간에, 그냥 좀 넘어갈 것이지!

까칠한 녀석 같으니라고.

진유청이 속으로 투덜댈 때, 나채환의 목소리가 들려왔다.

"남궁혁은 절대 오늘 일 안 잊어버릴걸?"

그건 너보다 내가 더 잘 알거든?

내가 남궁혁 그놈 뒤치다꺼리를 얼마나 했는데……. 그 쪼잔하고 더러운 성질머리를 모를까.

잔뜩 인상을 쓴 진유청이 입맛을 다신다.

그런 진유청의 표정이 재밌었는지 나채환이 피식 웃으며 입을 연다.

"어쨌거나 무림학관에 온 걸 환영한다. 너도 나와 같은 동류인 듯하니……. 한번 잘해 보자."

진유청이 지금까지 들었던 것 중 가장 충격적인 얘기라도 들은 양 눈을 크게 깜빡인다.

"누가 누구랑 동류란 거야?"

진유청의 물음에 나채환이 스스럼없이 검지로 진유청을 가리켰다 자기 자신에게 되돌린다.

"너랑 내가?"

재차 확인하는 진유청을 향해 나채환이 고개를 끄덕였다.

"네가 잘못 안 거야. 나는 절대, 정말, 하나도 너랑 비슷한 구석이 없어.”

진유청이 억지로 입가를 위로 끌어당기며 말한다.

사실 과거에 나채환과는 그리 좋은 기억이 없는 정도가 아니라, 상당히 사이가 나빴다고 하는 게 옳았다.

이렇게 얼굴을 맞대고 있으니 새록새록 떠오르는 수많은 일들.

아아, 저 녀석 때문에 진유청 자신의 학관 생활은 참으로 암울했었다.

저 사나운 짐승 같은 녀석 자체에도 문제가 있었지만, 저 녀석과 같은 오호실을 사용한다는 이유만으로도 다른 수련생이나 교두 들에게 찍혀 눈총을 사야 했기 때문이다.

그런데 지 놈하고 내가 동류라고?

무슨 그런 무서운 오해를 하고 그러니…… 응?

진유청이 나채환의 눈을 직시한다.

추켜 올라간 날카로운 눈초리는 과거의 그것과 똑같지만 눈동자에 깃들어 있는 호기심과 호의는…… 과거엔 본 적이 없는 것이다.

진유청이 나채환의 손을 덥석 잡았다.

“나는 상당히 조용하고 침착하며 남들 눈에 띄는 걸 좋아하지 않는 성격이야.”

“그래서?”

나채환이 고개를 삐딱하게 기울인 채 진유청의 다음 말

을 기다린다.

“나는 폭력을 싫어하고, 평화를 사랑하며, 사건 사고에 휘말리는 걸 극히 꺼려하는 부류라 할 수 있지.”

“그래서?”

“나는…….”

진유청은 기필코 자신의 형수님이 될 모용운지의 행방을 찾고, 자신이 아는 앞으로의 일들과 무림맹 내부의 흐름이 얼마나 어긋났는지에 대해서 알아내야 했다.

그렇기에 진유청은 튀지 않는 학관 생활을 하고 싶다는 자신의 열망을 나채환에게 열정적으로 쏟아 낼 수밖에 없었다.

하지만 나채환에게서 들려오는 답은 오직 하나.

“그래서?”

안타까운 일이다.

기껏 사람으로 태어나서 들을 수 있는 귀와 말할 수 있는 입을 가졌는데…… 귀는 제 역할을 하지 못하고, 입은 남의 말을 먹어 버리는 용도로만 사용하다니.

귀도 막히고 말도 안 통하는 녀석과 이야기를 진행시킬 수 있는 방법은 하나뿐이다.

퍼억!

진유청이 무릎으로 나채환의 복부를 찍어 올렸다.

나채환은 미리 예상하고 있었는지 가볍게 엉덩이를 뒤로

빼내 진유청의 공격을 피한다.

자신의 손을 잡고 있던 진유청의 손을 바깥쪽으로 뿌리치며 뒤로 물러나 거리를 벌인 나채환이 목소리를 높였다.

"그래, 이렇게 나와야지! 역시 내 생각이 맞았어!"

퍽, 퍼억!

다시금 나채환을 향해 손발을 날리며 진유청이 고개를 설레설레 흔들었다.

대체 뭐가 맞단 거냐? 응?

아…… 저 새끼, 눈깔에 광나는 것 좀 봐라.

진유청은 이 순간 자신이 무림학관에서 손꼽히는 미친개 중 한 마리에게 단단히 물렸다는 걸 깨달았다.

저, 저놈…… 혹시 내가 마음에 든 거 아냐?

섬뜩한 예감이 든 진유청이 몸을 부르르 떨다 결국 나채환에게 한 대 얻어맞고 나자빠졌다.

"헉!"

코피가 펑 터진 코를 두 손으로 부여잡은 진유청이 이를 으득 깨물었다.

뭐, 사실 니 생각대로 나도 그렇게 좋은 성격은 아니야.

"제대로 해보자 이거지?"

진유청의 눈초리가 쌜쭉하니 추켜올라 갔다.

쿵, 쿠웅!

먼지가 풀풀 피어오르고, 이제 열 살이 된 아이들의 싸움이라고 하기엔 너무 험악한 주먹질이 오간다.

"이게 무슨 소리지?"

진유청과 나채환이 몸을 숨긴 곳 인근을 지나가던 다른 수련생들이 갑작스런 소리에 깜짝 놀라 주위를 돌아본다.

쿠아앙!

그리고 이내 그들은 그늘진 처마 아래서 한 덩어리로 뒤엉켜 굴러떨어진 진유청, 나채환과 눈이 마주칠 수밖에 없었다.

"히끅!"

누군가 놀라 딸꾹질을 하기 시작한다.

진유청이 미안한 마음에 사과를 하려 했지만 나채환이 주먹질을 멈추지 않아 때를 놓쳤다.

퍼억!

진유청과 나채환의 주먹이 엇갈리며 서로의 턱을 갈겼다.

"끄으응."

진유청이 앓는 소리를 내며 몸을 웅크렸다.

몸 여기저기 안 쑤신 구석이 없다.

몸을 덮고 있는 이불 모서리를 손으로 틀어쥐며 인상을 찡그리는데 손에서 느껴지는 이불의 감촉이 너무 투박했다.

유모가 밤에 잘 자라며 덮어 주는 부드러운 비단이 아니다.

거칠하게 살을 쓸고 가는 느낌이 낯설어 진유청이 힘들게 눈을 떴다. 그의 눈에 건너편 침상에서 자고 있는 나채환이 보인다.

진유청은 다시 눈을 꾹 내리감았다.

꿈이어라, 꿈이어라!

"그냥 한숨 더 자고 일어나면 진가장의 내 방이려나."

하지만 시간이 지나도 손에서 느껴지는 이불 감촉은 여전히 거칠하여 마음을 불편케 하고…….

역시 바람은 그저 바람일 뿐.

이현 형님이 그렇게 반대하고, 아버지가 걱정하시는 데도 이곳으로 왔으니, 원하는 건 얻어야 돌아갈 수 있다는 걸 진유청은 다시금 머릿속에 되뇐다.

"에휴우우우우."

억지로 몸을 일으키니 밤새 끙끙 앓게 했던 상처가 더욱 강하게 통증을 일으킨다.

자연 진유청의 시선이 다시금 맞은편 침상에서 자고 있는 나채환에게 향했다.

"개새끼."

진유청이 눈가를 씰룩인다.

내가 광견 너와 다시 상종을 하나 봐라.

지금이라도 입관 신청을 했던 곳으로 가서 다시 방을 배정해 달라고 하고 싶다.

하방과 인접한 중방으로 갔다가 자신의 배때기를 쑤셨던 남궁혁 놈과 마주치는 일이 생기는 걸 걱정했더니, 정작 상방에선 기억 저편에 묻혀 있던 나채환 놈이 자신을 괴롭힌다.

학관에 온 지 하루밖에 안 됐는데 벌써부터 피곤했다.

"흐음."

나채환이 진유청의 시선을 느꼈는지 곤히 자다 말고 꿈지럭거리며 몸을 움직인다.

진유청은 저 녀석과 아침 댓바람부터 마주쳐 좋을 게 없다 판단했기에 얼른 일어나 대충 옷에 몸을 꿴 뒤 밖으로 나갔다.

◑　　◑　　◑

하남 진가장을 휘도는 바람은 이곳, 무림맹이 있는 형문산까지 닿는 모양이다. 모든 게 다른 데도, 코끝에 머물다 사라지는 청량한 바람은 그곳과 같다.

진유청은 주변을 휘휘 돌아보며 산책을 했다.

그가 기억하고 있는 것과 지금의 눈에 보이는 것이 얼마나 같고 또 다른지에 대해 고민하면서.

“이리로 가면 연무장이 있고, 저쪽엔 급식소가 있었지,
아마?”

대충 확인해 보니 자신의 기억에서 크게 어긋나는 건 없
는 것 같다.

“그때처럼 밥 굶을 일은 없겠네.”

진유청이 고개를 끄덕이며 중얼거렸다.

과거엔 아무도 진유청에게 급식소의 위치를 알려 주는
이가 없어 꼬박 하루를 굶었었다.

오대세가나 구파일방의 제자도 아니고, 그렇다고 이름깨
나 알려진 가문 소속도 아닌 진유청을 신경 써 주는 이는
아무도 없었다.

입관할 때 대충 설명을 듣긴 했지만 잔뜩 긴장해서 뭐 하
나 제대로 기억나는 건 없고, 배는 고프고, 집 나온 설움을
제대로 느꼈었다.

재수 없게도 나채환이 있어 찬바람이 쌩쌩 부는 상방 오
호실에 배정받지만 않았어도 좀 나았을 것을…….

“왜 그땐 누구에게 물어보거나, 혼자 무작정 걸어 나와
헤맬 생각도 안 했을까?”

아예 그래 볼까 하고 떠올리지도 못한 건 아닐 거다.

다만 지금 생각하면 한심한 이유겠지만, 누군가에게 뭔가
를 먼저 물어보기에는 자존심이 상한다던지, 혼자서 무얼 해
야 하는 게 초라하다고 느껴진 탓에 웅크리고만 있었겠지.

눈에는 독기가 반들반들, 약하지 않다는 걸 보이기 위해 일부로 센 척하며 어깨에 힘을 줬다.

그러다 고만고만한 녀석들을 만나 무리를 짓고, 그 안에 기어들어 가는 걸로 안심한다.

적어도 혼자는 아니어도 됐으니까.

결과야 어찌 됐건 간에 그게 바로 진유청이 과거 무림학관에서 버텨 낼 수 있었던 방법이었다.

하지만 현재 또다시 그때와 같은 방법을 선택할 거냐고 묻는다면, 단지 혼자이기 싫어 무리를 택할 거냐하면, 글쎄…….

그러지 않을 거 같다.

"지금은 혼자서도 잘할 수 있으니까."

그때도 그랬을까? 자신이 하려고만 했다면…….

그때 진유청은 그러지 않았기에 답을 알 수 없겠지만, 반대 경우의 결과는 이미 과거란 이름으로 뼈에 아플 만큼 선명하게 새겨져 있다.

아련한 눈빛으로 먼 하늘을 올려다보고 있던 진유청의 눈앞에 갑자기 생글생글 웃는 얼굴이 슥 들이밀어진다.

"뭘 혼자서도 잘할 수 있는데?"

눈동자가 보이지 않을 정도로 초승달처럼 가늘게 휘어진 눈매, 희미하게 올라간 입꼬리가 인상적인 얼굴이다.

진유청은 놀란 기색도 없이 부담스러울 정도로 방긋방긋

웃는 상대방의 얼굴을 슬쩍 손으로 밀며 대답했다.

"뭐든 잘해야지. 기껏 집 떠나 여기까지 왔는데 빈손으로 돌아갈 순 없잖아?"

"호오."

감탄성을 터트리는 녀석의 가는 눈매가 더욱 진하게 접힌다.

진유청은 저 눈매가 낯설지 않았다.

기억이 날 듯 말 듯. 대체 누구지?

"아직도 무림학관에서 뭔가 얻어 갈 수 있다고 생각하는 촌뜨기가 있는 거야?"

웃는 얼굴로 부드럽게 타이르듯 얘기하는 게…… 차라리 자경이 형이 곱상한 얼굴로 쌍욕 찍찍 뱉는 게 훨씬 나아 보인다.

"무림학관에서 얻을 건 아니지만, 어쨌건 너완 상관없는 얘기니 신경 꺼라."

진유청이 파리를 쫓듯 손을 몇 번 휘저은 뒤 자신의 앞을 가로막고 있는 녀석을 스쳐 지나가려는데, 녀석이 입을 열었다.

"와아……. 난 광견 나채환이 눈알을 희번덕이며 널 찾아다닌다는 얘길 해 주려고 한 것뿐인데, 사람 성의를 무시하는 거야?"

진유청의 걸음이 멈춘다.

“누, 누가?”

사실 확실히 들었기에 일부러 확인할 필요는 없었지만 대체 왜 그 녀석이 아침 댓바람부터 자신을 찾는 건지 이해가 안 됐다.

“에이, 설마 나채환을 모른다고 하려는 건 아니지? 어제 둘이 아주 강렬한 첫인사를 나눴다는 얘기가 하방에까지 쫙 퍼졌는데 말이야.”

하방에까지 상방 이야기가 퍼졌다면 지금 무림학관에서 진유청을 모르는 이가 없다는 소리다.

하긴, 당연한 걸지도. 하방에서 가장 유명한 남궁혁이 실신하여 실려 갔으니, 소문이 안 날 수가 없었겠지.

게다가 이어지는 말이 비수가 되어 진유청의 가슴을 푹 찌른다.

“대체 무슨 짓을 했기에 광견이 당장 걸리기만 하면 죽여 버릴 거 같은 심각한 얼굴을 하고 널 찾는 거지?”

녀석의 눈이 호기심으로 빛나며 진유청을 향하자 진유청은 불길함을 느끼며 한 걸음 뒤로 물러났다.

이, 이 녀석……. 나채환과 동류다!

어린 광견과 동류라고 부를 만한 녀석이 과거 무림학관에 누가 있었지?

저렇게 인상적인 녀석이 있었다면 잊어버렸을 리가…….

마주하고 있는 동안 한 번도 허물어지지 않은 녀석의 웃

음 띤 얼굴을 찬찬히 뜯어보던 진유청의 머릿속에 불현듯
이름 하나가 떠올랐다.

"하방의 소견 정한수."

"날 아는구나?"

정한수가 동그랗게 눈을 뜬다.

상방의 광견, 중방의 사견, 하방의 소견이라 불리던 무림
학관의 소문난 개 세 마리를 진유청이 모를 리가 없다.

……사실 보기 전까진 까먹고 있긴 했지만.

"이건 뭐 크기만 컸지, 딱히 좋아진 건 아니었군."

진유청이 제 머리 탓을 한다.

하긴, 불귀곡 비급도 군데군데 잊어버릴 뻔한 머리니 뭘
더 바라겠나.

혼자 준얼거리며 제 머리를 쿡 쥐어박는 진유청을 재밌
는 듯 바라보던 정한수가 주변을 둘러보더니 재촉한다.

"얘기는 나중에 나누고, 도망부터 치자. 광견한테 걸리
면 아침부터 또 한바탕 난리가 날 테니."

진유청이 물끄러미 정한수를 바라본다.

널 만난 걸로 이미 내 아침의 평화는 무너진 것 같아.

"어서?"

정한수가 진유청의 옷자락을 잡아당긴다.

진유청은 정한수의 손을 뿌리치려 했다.

정말 그러려고 했다.

만약 저편에서 달려오고 있는 나채환만 아니었다면.

"진유청, 야!"

나채환의 목소리가 울린다.

정한수의 손에서 소매를 빼내려던 동작을 멈춘 진유청이 자신을 잡고 있는 소견 정한수와 저편에서 다가오는 나채환을 번갈아 가며 쳐다본다.

어느 개가 아주 조금, 눈곱만큼이라도 더 나을까.

"얼른 가자니까!"

웃는 낯으로 정한수가 말하고.

"정한수, 너 뭐야!"

나채환은 그런 정한수를 향해 경계심을 담아 외친다.

곧 진정한 개싸움이 벌어질 기세!

둘 중 조금이라도 덜 시끄럽고, 덜 사고를 칠 녀석을 골라 함께 튀던지, 싸움을 말릴 마음을 먹었지만, 진유청은 이 두 마리 개 중 누가 더 나을지에 대한 결론을 내릴 수가 없었다.

거기서 거기란 말이 어쩜 이리 딱 어울린단 말인가!

결국 진유청은 혼자 튀기로 했다.

우선 정한수가 잡고 있는 손을 뿌리치고, 나채환과 반대쪽으로 달려 나간다.

"어어?"

빈손이 된 정한수가 눈을 동그랗게 뜨고, 달려오던 나채환이 방향을 꺾어 진유청이 튀어 간 쪽으로 향했다. 정한수를 날카롭게 쏘아보는 걸 잊지 않고서.

혼자 덩그렇게 남은 정한수가 입꼬리를 바짝 끌어당겨 한층 진한 웃음을 머금으며 눈을 가늘게 떴다.

"광견이 누구와 손을 맞춰 사고를 쳤단 얘기는 처음 들어 봐서 어떤 녀석인가 궁금해서 찾아봤더니…… 이거 의외로 물건이네?"

진유청이 자신과 나채환 사이에서 저울질을 하다 결국 혼자 튀어 버렸단 걸 느낄 수 있었기 때문이다.

이러고 있을 때가 아니지.

왜 그러는 건진 모르겠지만 광견이 저렇게 죽어라 뒤쫓아 가는 걸로 봐선 무슨 사달이 벌어질지 모른다.

"간만에 학관에 재밌는 녀석이 들어왔는데, 그러면 안 되지."

정한수가 나채환의 멀어지는 등을 응시하다 가볍게 지면을 박차고 뛰어올랐다.

☯　　☯　　☯

아침부터 무림학관 내를 빙글빙글 도는 세 명의 아이들로 인해 구경꾼들이 모여들었다.

"몇 번 돈 거야?"

무림학관의 규모가 크진 않다지만 그건 무림맹에 비해서지, 있어야 할 건 다 있는 곳이다 보니 절대 좁진 않았다.

"확실히는 몰라. 내가 이 자리에 서서 저 녀석들 지나가는 걸 본 건 한 다섯 번은 되는 거 같긴 한데……."

"대체 무슨 일인데 광견하고 소견이 저 신입 수련생을 죽일 듯 쫓아가는 거지?"

"난 소견이 광견과 신입 수련생을 쫓는 거라고 들었는데?"

어느 쪽이든 신입 수련생이 쫓기고 있는 건 확실했으므로 학관 내의 수련생들은 진유청을 향해 안타까운 시선을 보냈다.

어젠 오자마자 크게 사고를 치기에 학관에 새로운 개 한 마리가 늘어나나 했더니만 지금 보니 그건 아닌 듯.

"쟤도 재수 오지게 없다."

누군가의 말에 다른 수련생들이 동조한다.

"그러게. 어젠 광견에 휘말리고, 오늘은 소견에게 쫓기고……."

다른 아이들은 셋 중 하나만 봐도 치를 떤다는 학관의 개 세 마리 중 벌써 두 마리와 안면을 텄으니 중방의 사건까지 얽히면 신입 수련생은 곧 학관을 그만두게 될 거라고 여겼다.

"안됐다."

혀 차는 소리가 여기저기서 들려왔다.

그 앞을 여덟 번째 지나치고 있는 진유청은 절로 이가 갈렸다. 저들이 자신에게 악담을 하고 있다는 건 둘째치고, 자신의 뒤를 쫓고 있는 두 녀석이 아직도 포기할 기색이 없었기 때문이다.

처음엔 저러다 말겠지 하며 계속 도망쳤는데, 이젠 이러다 밤이 되겠구나 싶다.

교두들이나 부학장 철두가 나타나기 전에 마무리를 지어야 한다.

어차피 뛰어 봤자 학관 내이고, 저 녀석들이 포기하지 않는 한 어디로 가도 막다른 길은 나올 거라는 생각에 그냥 사방이 훤히 트여 있는 길로만 뛰었던 진유청이 방향을 바꾼다.

뒤를 쫓던 나채환과 정한수도 떨어져 나가지 않고 따라붙었다.

진유청은 두 녀석의 끈덕짐에 인상을 썼지만, 그 둘은 진유청의 지치지 않는 체력에 오히려 경악하고 있는 참이었다.

무공을 익힌 티가 조금도 나지 않는 진유청을, 화산파에 속해 있는 데다 하방에서도 손꼽는 자질을 갖고 있는 정한수는 물론이고, 비록 상방에 있지만 실력만큼은 확실한 나채환이 죽을힘을 다해 뛰어도 잡을 수 없다는 게 말이 안 되는 거다.

그들은 오기에 불이 붙고, 이 당황스러움을 어쩌지 못해 발을 멈출 수가 없었다.

진유청은 구경꾼들을 떨어트리고, 자신이 아는 한 학관 내에서 가장 구석지고 인적이 드나들지 않는 곳에 도착한 후에야 멈춰 섰다.

"헉, 헉."

숨이 좀 차지만 죽을 정도는 아니다.

뒤따라오는 녀석들을 살피니 하얗게 질린 얼굴에 온몸이 땀에 젖어 있다.

"이제 그만 뛸 거야?"

이 상황에서도 웃는 낯으로 물어 오는 정한수는 아무리 진유청이라 해도 사실 좀 무서웠다.

"응, 그만하려고."

"와아, 다행이다!"

진유청의 대답에 정한수가 흙바닥에 벌렁 자빠진다.

털썩 주저앉은 나채환도 말로 표현은 안 하지만 얼굴에 다행이란 빛이 역력하다.

그러게 진작 포기하지.

그랬으면 자신도 아침부터 이 고생 안 해도 됐을 텐데.

한심하다는 듯 바라보는 진유청의 눈빛에 발끈한 정한수가 입꼬리를 파르르 떨며 말했다.

"난 저 녀석이 네 다리라도 분지르는 거 아닐까 걱정돼
서 여기까지 온 건데, 웬만하면 그 눈빛은 저쪽으로만 보내
지그래?"

정한수의 손가락이 나채환을 가리키고 있었다.

녀석의 호의가 고마운 건 아니었지만 일단 광란의 질주
의 원흉인 나채환에게 이유를 물어야 했기에 진유청이 시선
을 돌린다.

"넌 왜 아침부터 날 찾았냐?"

대답이 시원찮으면 광견이고 뭐고 간에 잘 두들겨서 홍
개 할아버지한테 팔아 버릴지도 모른다.

개방 방도들은 개라면 환장을 한다는 이야기도 있지 않
은가.

나채환이 가쁜 숨을 고르며 대답했다.

"길 모를까 봐."

진유청이 한순간 멍해진다.

그건 정한수도 마찬가지. 정한수가 검지로 귀를 후벼 판
다.

"이제 열한 살인데, 벌써 귀가 맛이 갔나."

싱긋 웃으며 하는 말이지만 눈가가 파들파들 떨리는 게
진짜 걱정이 되는 모양이다.

"내가 보기엔 아직 멀쩡한 거 같으니 걱정 말아."

진유청이 정한수를 달래 줬다.

진유청 자신도 사실 잘못 들었나 싶을 정도였으니 정한수가 저러는 게 충분히 이해가 간다.

"아침에 자리가 비어 있고, 한참 안 오기에 길 잃어버렸나 했다."

나채환이 무표정한 얼굴로 하는 말에 진유청과 정한수가 말을 잃는다.

비록 눈을 희번덕거리며 사람 하나 잡아 죽일 모양새였다지만 걱정되어서 찾은 거라고 하니 뭐라 하겠나.

세 아이들은 그렇게 아무 말없이 한참 동안 있었다.

데에에엥!

식사 시간을 알리는 종이 울려 정신을 깨운다.

여전히 침묵이 감도는 가운데, 진유청이 먼저 일어나 엉덩이에 묻은 흙을 탁탁 털었다.

"아침도 걸렀는데, 점심은 먹어야지."

휘적휘적 걸어가던 진유청이 고개를 돌린다.

"너넨 안 가? 배도 안 고프냐?"

진유청의 말에 정한수가 슬그머니 몸을 편다.

"넌?"

진유청의 눈이 움직일 마음이 없는지 미동도 않는 나채환을 향한다.

그의 시선을 가만히 응시하던 나채환이 몸을 일으켰다.

"가자."

진유청이 앞서 걸어간다.

나채환과 정한수는 멀어지는 등을 물끄러미 바라봤다.

무공을 익히지 않아 보이는 데도 믿을 수 없을 정도로 강한 체력에, 자신들을 막다른 곳으로 인도하여 기다리는 배짱까지, 모두 놀라운 것이다.

둘은 뭔가에 홀린 듯 진유청의 뒤를 쫓았다.

☯　　☯　　☯

"쟤가 개야?"

"응, 그런가 봐."

급식소 여기저기서 수군대는 소리가 들린다.

진유청은 모르는 척 무림하관 내에서 유일하게 사람을 차별하지 않고 누구에게나 같은 양, 똑같은 반찬을 배식해 주는 급식소 여주인이 퍼 준 밥을 열심히 먹었다.

"광견과 소견이 한자리에서 밥을 먹다니, 처음 있는 일이야."

진유청의 바로 옆자리를 차지하고 있는 정한수와 건너편에 앉아 있던 나채환이 소리가 들려온 쪽으로 시선을 돌린다.

어이쿠나야!

화들짝 놀란 아이들이 분분히 눈을 돌리며 어색하게 젓

가락을 움직였다.

나직하게 그들을 향해 콧방귀를 뀐 정한수가 진유청을 향해 생글생글 웃으며 말했다.

"다른 사람이랑 같이 밥 먹으니까 맛있다."

친근하게 웃는 저 얼굴에 넘어가 뒤통수 오지게 맞은 놈들이 한둘이 아닌 걸 아는 이상 진유청의 입에서 쉽사리 대답이 나올 리가 없다.

"자, 이거 더 먹어. 내가 제일 좋아하는 거야."

정한수가 모르는 척 진유청의 밥그릇 위에 반찬 하나를 올려 준다.

제 녀석 딴엔 엄청 친한 척하며 신경 써 주는 정한수가 왜 이리 밉상으로 보이냐면, 말과는 다르게 반 이상 먹어 치운 반찬이 아닌, 제 녀석이 손도 대지 않은 반찬만 진유청의 밥그릇 위에 올려 주기 때문이 아닐까 싶다.

밥상을 엎어 버리는 것조차 귀찮았던 진유청은 밥을 퍽퍽 입에 퍼 넣으며 인상을 썼다.

"이 더러운 동네에서 유일하게 괜찮은 게 있다면 여기 밥이다. 많이 먹어."

나채환도 반찬 그릇 하나를 손으로 슥 진유청 쪽으로 밀어준다.

내가 어디서 굶고 왔는지 아나, 이것들이.

나 싸구려 아냐. 반찬 몇 점에 흔들리지 않아.

이래 뵈도 하남 진가장에선 애지중지 아버님과 형님 사랑을 잔뜩 받다 못해 넘쳐흐를 정도로 몸에 바르고 다녔건만!

그래도 일단 확인할 건 해야 했다.

진유청이 나채환의 반찬 그릇을 눈으로 훑었다.

흐음. 저 표리부동한 정한수보다는 좀 낫군. 아니, 비교하기 뭣할 정도로 훨씬 상대방을 배려해 주는걸?

나채환은 보기와 다르게 제 녀석이 가장 좋아하는 반찬도 아닌, 진유청의 젓가락이 가장 많이 닿은 걸로 보이는 반찬을 먹기 편하게 밀어준 거다.

아무한테나 발길질 찍찍 해 대는 녀석치고는 정말 의외였고, 그로 인해 진유청의 머리는 더욱 복잡해진다.

나 다시 태어난 걸로 치면 여기 온 지 이제 막 하루 됐거든?

자신이 과거 이곳으로 왔을 때, 이렇게 무림학관에서도 유명한 이름인 광견과 소견의 관심을 한 몸에 받았다면…… 싫어하고 꺼려하는 마음이 있더라도 조금쯤은 우쭐해했을지도 모른다.

하나 지금은 혼자서도 잘할 수 있고, 혼자가 더 자유롭다.

남의 이목을 받는 일 따윈, 없는 게 더 좋단 말이다!

속으로 아무리 외쳐도 소용이 없다.

자신의 눈앞에 있는 녀석들은 과거 진유청이 어울리던 개 같은 놈들과는 다른, 진짜 개. 광견과 소견.

하지만 말이 광견과 소견이지, 정작 지금 진유청의 눈에 보이는 건 눈매 사나운 강아지 한 마리와 방글방글 동그란 눈동자를 굴리는 귀여운 강아지 한 마리.

소견 정한수는 옆에 찰싹 붙어 꼬리를 살랑 흔들고, 맞은편에선 광견 나채환이 뭐가 마음에 들지 않는지 꼬리를 바닥에 탕탕 내리치고 있었다.

"그냥 밥이나 마저 먹자."

진유청이 정신을 탁자 위로 집중했다.

# 第二章

# 나는 아니야!

뭐했다고 벌써 이레나 지나 있냐.

진유청이 침상에 누운 채 고민한다.

한 거 없이 시간만 가는 게 제일 싫다곤 하지만, 사실 다시 태어난 진유청은 꽤나 게을렀다.

혼자 쓰는 것도 아닌 여덟 명이 함께 기거해야 하는 상방 숙소는 그리 편하진 않았지만 그래도 나채환 덕에 두 명이나 학관을 그만둔 관계로 좁진 않았다.

그럭저럭 있을 만한 공간.

"유청아, 수업(受業)은 뭐 들을 건데? 아직도 안 정했어?"

새치름히 눈초리를 휘며 발치에 걸터앉아 있는 강아지

한 마리만 아니라면.

솔직히 진유청 입장에선 전혀 달갑지 않았지만 굳이 자기가 한 살 위임에도 과감하게 친구가 돼 주겠다 선언한 정한수가 하방의 편한 제 숙소를 버리고 오호실에 눌어붙었다.

왠지 진가장 자신의 집에 아이들이 하나둘 모여들었던 일이 떠올라 움찔한 진유청이 오호실의 다른 수련생들에게 민폐라고 타일렀지만 정한수는 말을 듣지 않았다.

"내가 불편해?"

눈을 동그랗게 뜨고 친근히 웃으며 묻는 그에게 '그렇다'라고 얘기할 수 있는 수련생은 사실 그리 많지 않았다.

정한수가 친근히 웃으며 인사를 한다고 해서 그가 좋은 성격을 가졌다고 할 수 없었다. 누가 뭐래도 그는 웃으며 사람을 무는 개, 소견이었으니까.

"유청아, 내 말 들었어? 무슨 수업 들을 건지 정했냐고. 이왕이면 나랑 같이⋯⋯."

퍼억!

등짝에 발자국 하나가 떡하니 찍히며 정한수의 상체가 크게 앞으로 쏠린다.

아⋯⋯, 오호실에도 한 명 있긴 했다.

"종알종알 시끄러우니 네 숙소로 가라."

소견 정한수에게 당당히 꺼지라고 말할 수 있는 녀석이.

정한수가 고개를 비스듬히 돌려 뒤에 서 있는 나채환을 노려본다.

정한수의 히죽 올라간 입꼬리가 파르르 떨리는 게 아무래도 심상치 않다.

나채환도 눈을 번뜩이는 게 이번 기회에 한바탕 붙을 요량인 듯.

진유청은 혀를 차며 침상에서 일어나 밖으로 나간다.

뒤에서 어디 가냐고 묻는 정한수의 질문은 가볍게 무시해 주고, 따라나서려는 나채환의 발걸음을 막도록 재빨리 문을 쾅 닫아 버렸다.

"나채환, 너 때문에 유청이 화났잖아!"

닫힌 오호실 문 안쪽에서 정한수의 목소리가 흘러나왔다.

콰당!

나채환의 대답 대신 뭔가를 부수는 소리가 요란하다.

진유청은 개의치 않고 상방 숙소를 나섰다.

다녀오면 둘 중 누가 되었든 간에 강아지는 한 마리만 남아 있겠지, 라고 생각하면서.

진유청은 한가롭게 걸음을 옮겼다. 결판이 날 때까지 시간 때울 곳을 찾는 거다.

그런데 이상했다. 상방 숙소를 나서자마자 기묘한 감각에 피부가 따갑다.

"애들이 자꾸 나를 쳐다보네?"

내가 너무 잘생겼나? 아니면 내 머리가 아직도 다른 애들에 비해 커서 눈길을 모으나?

고개를 갸웃거리며 진유청이 눈을 가늘게 뜨고 쉭쉭 주변을 훑었다.

"헛!"

진유청과 눈이 마주친 아이들이 헛바람을 들이키며 분분히 고개를 돌리며 딴청을 피운다.

뭐지?

썩 기분 좋은 느낌은 아닌지라 진유청의 이마에 주름이 잡혔다.

"야, 서춘이 니가 말해 봐."

"아냐, 니가 가서 물어봐."

때마침 소곤거리는 소리가 들린다.

진유청이 소리가 들려온 쪽으로 고개를 돌리자 진유청 또래로 보이는 아이 하나가 옆에 있는 녀석에게 등이 떠밀려 한 발짝 앞으로 나섰다.

"뭐야?"

진유청이 묻자 서춘이 뒤를 돌아보며 자기 등을 떠민 친구를 원망스러운 듯 째려본 뒤 고개를 푹 숙이고 입을 연다.

"저…… 저기…… ."

뭘 물어보려고 저렇게 시간을 끌지?

진유청이 팔짱을 끼고 가만히 서서 서춘의 다음 말을 기다렸다.

"그 녀석들하고 친해?"

"그 녀석들?"

"광견하고 소견 말이야…… ."

한참이나 쭈뼛거리더니 한다는 소리가 고작!

"안 친해!"

진유청이 빽 소릴 지르자 서춘이 갑자기 고개를 번쩍 든다.

"그렇지? 그냥 끌려다니는 거지?"

서춘의 등을 떠밀었던 걸로 추정되는 녀석이 서춘의 등 뒤에 숨은 채 고개만 빼꼼히 내밀고 재차 확인한다.

"뭐, 그렇다고 볼 수 있지."

부정은 안 한다.

당장 지금만 해도 오호실에선 진유청 자신을 무슨 먹음직스러운 뼈다귀로 보고 있는 건지 강아지 두 마리가 엉겨붙어 싸우고 있지 않나.

"반가워. 난 효민이야, 이효민."

얍삽해 보이는 가는 눈매를 가진 아이가 인사를 한다.

“나, 난 서춘이. 장서춘.”

둘이 진유청에게 말을 붙이자 멀찍이서 셋의 이야기에 귀를 기울이고 있던 아이들이 하나둘 모여든다.

“우린 네가 그 녀석들하고 친한가 싶어서 하방에 새로운 사고뭉치 하나가 들어왔구나 했어.”

이효민이 장황하게 설명한다.

“아냐. 그 녀석들이 제멋대로 구는 거라고.”

진유청이 딱 잘라 대답한다.

“하여튼 진짜 재수 없는 녀석들이라니까. 다른 사람 생각은 손톱만큼도 안 해.”

쌓인 게 은근히 많은 모양이다.

“그렇지. 그래도 하방의 소견은 좀 나아. 상방까지 와서 행패를 부리진 않으니까 그런데 나채환 그 자식은 진짜 아무한테나 발길질해 대고, 툭하면 주먹질이고……. 학관만 나서면 그 자식 죽이겠다고 벼를 녀석이 한둘이 아닐걸?”

“흐음…….”

진유청이 나직하게 신음성을 흘린다.

나채환이 성격은 지랄 같지만, 찾기가 어려워서 그렇지, 보다 보면 괜찮은 구석도 있긴 한데…….

“너는 무슨 수업 들을 예정이야?”

좀 전에 정한수도 무슨 수업을 들을 거냐며 꼬치꼬치 캐물었었다.

“아직 정하지 않았는데.”

같은 답을 되돌려 준다.

어차피 무림학관의 수업이란 건, 들을 녀석은 출석하고, 그렇지 않은 녀석은 빠지면 된다.

수업을 정하는 것도 출석 여부도 모두 개인의 재량에 맡긴다.

무림학관에 입관하는 데 정해진 나이는 없다. 하지만 보통은 어릴 적 다녀오는 게 일반적이다.

어릴 때 기본기를 닦은 뒤, 무림학관에서 그것을 정리하고, 무림학관을 나와 속해 있는 문파로 돌아가 뼈를 깎는 수련을 하는 것이다.

말하자면 무림학관에서 배우는 건, 지닌 것을 한 단계 상승시켜 줄 정도로 쓸모 있는 건 아니란 거였다.

무림학관은 대문파나 세가에 속해 있는 아이들이 앞으로 자기들의 밑을 닦아 줄 중소 문파 후계자들과 함께 지내면서 그들에 대한 자신의 영향력을 높이고, 새로운 인재를 맞아들여 자기가 속한 가문에 대한 충성심을 고취시키는 장소였다.

운이 좋으면 경쟁 문파에 속한 하위 가문의 후계자를 뺏을 수도 있고, 높은 데서 내려다보는 그네들끼리의 우애를 좀 더 단단히 맺어 둘 수도 있다.

게다가 이곳은 무림맹엔 이름만 올리고 있을 뿐 그다지

세가 크지 않아 아예 높은 자리에 위치한 이들의 관심조차 받지 못하는 작은 문파나 가문의 아이들에게는, 훗날 무림맹 최상층부에 속할 선택받은 이들에게 자신을 뽐낼 수 있는 유일한 장소였다.

그렇기에 크게 배움을 얻을 수 있는 수업은 아니지만 열심히 듣고, 하방 아이들이 많이 모이는 수업엔 어떻게든 이름을 올리려 한다.

무림맹 속의 작은 무림맹이라 불리는 무림학관의 주축은 학장이나 부학장 혹은 교두들이 아닌, 하방의 수련생들이란 건 익히 잘 알려진 사실이었다.

"상방 아이들은 대부분 검술 강론이랑 중급 수련을 들어. 너도 같이 들으면 좋겠다. 빨리 친해지게."

정하수도 그래서 물어봤던 건가…….

진유청이 한숨을 내쉰다.

이효민은 진유청의 한숨이 광견이나 소견의 눈치를 봐야 하기 때문에 그러는 건가 싶어 호기롭게 말한다.

"우리가 다 같이 뭉치면 아무리 광견이라 해도 억지로 널 끌고 다닐 순 없을 거야. 그렇지?"

이효민이 주위에 있는 아이들을 둘러보며 말한다.

"언제까지 그 녀석 눈치를 볼 순 없잖아!"

다시 한 번 힘주어 말하는 이효민으로 인해 조금씩 분위기가 변화한다.

아이들을 선동하여 제 뜻에 동참시키려는 걸로 봐선 머리가 잘 돌아가는 녀석 같다.

과거엔 학관에서도 질 낮기로 소문난 고두희 패거리와 몰려다니며 자잘한 사고를 쳤었는데, 이번엔 광견과 소견에 이어 상방의 평범한 아이들까지 손을 내미는군.

자신은 과거의 찌질한 진유청에서 크게 벗어나지 못했는데…… . 대체 뭐가 그리 다른 걸까?

"어때? 우리가 도와줄게."

이효민이 활짝 웃었다.

진유청이 그런 이효민을 빤히 바라보다 입을 연다.

"난 검술엔 관심이 없는데."

거절당할 거라곤 생각도 못 한 이효민이 당황한다.

"그, 그래? 하남 진가장은 검을 쓰지 않나? 도나 창을 써? 괜찮아…… . 다른 수업을 듣는 녀석들도 있기는 하니까."

이효민이 어떻게든 진유청을 끌어들이려 한다.

"그런 게 아니라 난 무공 자체에 흥미가 없어."

진유청이 양어깨를 으쓱거린다.

"학문에 뜻을 둔 건가."

이효민의 중얼거리는 말에 진유청이 주저 없이 고갤 저었다.

"그렇지도 않고."

“그럼 대체…….”

앞으로 어쩌려고 그러냐고?

잘난 형님 등쳐 먹고, 언젠가 용이 될 친구들 등에 타서 하늘을 노닐 거라고 하긴 좀 그렇겠지…….

“그냥 놀고먹는 한량으로서, 한평생 술, 여자, 고기에 부족함 없이 사는 게 꿈이야.”

진유청이 진지한 어조로 답한다.

“뭐?”

이효민이 인상을 쓰며 되묻는다.

못 들은 건 아닐 텐데, 안 믿는 건가.

그렇다고 진유청 자신이 시시콜콜 모든 걸 설명해 줄 필요는 없을 터.

“힐 애기 다했으면 기던 길이니 미지 기리.”

진유청이 손을 흔들며 걸음을 내딛는다.

“야!”

이효민이 진유청을 부르지만 진유청은 못 들은 척 그냥 갔다.

“남궁혁 공자님이 너 보면 하방으로 오라고 전하랬는데!”

진유청의 걸음이 멈춘다.

“그날 있었던 건 사고라고, 남궁혁 공자님이 부학장님께 잘 말해 주셨어! 그러니 걱정하지 말라고 하시더라.”

걱정은 무슨. 완전히 까먹고 있었는데.

다시 태어난 진 열 살밖에 안 됐는데 노망기가 있나 왜 이렇게 깜빡깜빡하는지.

진유청이 이 순간 걱정한 게 있다면 자기 머리가 생각보다 더 나쁜 게 아닐까 하는 거였다.

"난 분명히 전했다!"

이효민의 외침이 쩌렁쩌렁 울린다.

어쩐지……. 실수건 고의건 간에 대남궁세가의 삼공자를 깔아뭉갰던 자신과 함께 있으면 덩달아 미움을 살 걸 걱정해야 하는 상방 아이들이 평소 두려워하던 나채환을 물고 늘어지면서까지 자신을 포섭하려는 데엔 이유가 있었던 거다.

"재수 없기는. 남궁혁 공자님이 뭣 때문인지는 몰라도 호의 좀 베푸신 걸로 기세등등해서는!"

뒤에서 누군가 삐죽거리며 툭 뱉어 내는 말이 바람을 타고 전해져 진유청의 귀를 더럽힌다.

남궁혁 그 새끼는 왜 평생 안 하던 짓을 해 갖고는……. 안 그래도 진창이었던 이곳이 알고 보니 똥물이었단 걸 깨닫게 하냐, 쯧.

"아아, 맑은 물에 살던 내 물고기들이 보고 싶네."

남들은 알아들을 수 없는 말을 혼자 중얼거리며 진유청이 입맛을 다셨다.

무림에 속한 열 살 전후의 보통 아이들은 저렇게 머리가 굵어 가는구나 생각하니 기분이 영 찝찝하여 한가로이 시간을 보낼 마음도 사라지지만…….

지금 오호실로 돌아가면 치열한 구쟁견투(狗爭犬鬪)가 벌어지고 있을 테니…….

“좀 더 있다 돌아가자. 그럼 싸움이 끝나서 둘 중 하나는 꽁지를 말고 사라지고 한 마리만 남아 있겠지.”

그러면 자신이 조용한 학관 생활을 영위하는 데 있어서의 난관이 하나로 줄 거라 생각하며 진유청이 스스로를 위로했다.

하지만…….

“니, 니들 뭐야!”

풀밭에서 지루한 한때를 보내고 오호실로 돌아온 진유청의 눈에 보인 건 사이좋게 앉아 있는 광견과 소견이었다.

“뭐긴. 앞으로 조금 친하게 지내기로 한 거지.”

푸르뎅뎅한 눈자위를 손등으로 문지르며 말하는 정한수로 인해 진유청이 입을 쩍 벌렸다.

“진지한 대화를 좀 나눠 봤더니, 싸가지 없고 말 대신 몸을 움직인다는 것만 빼면, 이 녀석도 제법 괜찮은 녀석 같아.”

그, 그게 가장 큰 문제인 거잖아!

정한수가 슬쩍 진유청의 눈빛을 피한다.

외면하지 말라고!

진유청이 뻐끔뻐끔 입을 움직이지만 뭐라 말은 나오지 않는다.

정한수가 나채환의 어깨에 왼팔을 두른다.

"봐 봐. 이렇게 친해졌어."

타악!

나채환의 팔꿈치가 정한수의 옆구리를 찍으려 했지만 미리 대비하고 있었던 정한수의 오른손에 가로막힌다.

"아직 의사소통이 원활하진 않지만 좀 더 지나면 나아지겠지."

정한수의 씨익 웃는 얼굴이 얄궂다.

진유청이 손을 내저었다.

네, 네, 마음대로 하세요.

똥물에 기꺼이 뛰어드는 날파리들에 비하면 차라리 낫다. 거기까지는 내 인정하도록 하지.

그렇게 오호실의 분위기가 눈곱만큼이나마 화기애애해지려는 찰나.

"방 꼴이 이게 뭐냐?"

그제야 충격에서 벗어나 방 안을 둘러본 진유청의 얼굴이 일그러진다.

"그게……."

정한수가 웃는 낯으로 변명하려 하지만 통할 리가 없다.

나가기 전까진 멀쩡했던 침상은 이제 땔감으로밖엔 쓸 수 없을 듯하고, 귀찮음을 무릅쓰고 정리해 놨던 짐들은 모두 내팽개쳐져 바닥에 나동그라져 있다.

진유청이 조용히 몸을 굽혀 잡히는 대로 이것저것을 주워 한 손 가득 들었다.

진유청에게서 풍기는 분위기가 심상치 않자 정한수가 다급히 말한다.

"채환이랑 나랑 다 치우고 부서진 건 새로 사다 놓을게. 그치? 그치?"

정한수가 나채환을 채근하며 동조를 구하자 나채환이 눈살을 찌푸리면서도 고개를 끄덕인다.

"그럴 필요 없어."

진유청이 딘호하게 말했다.

그리고는 손에 들고 있는 걸 마구잡이로 정한수와 나채환을 향해 던졌다.

슈욱!

분노가 실린 쓰레기들이 암기처럼 쏘아졌다.

"다 붙여! 하나도 새로 사지 말고 부서진 거 다 붙여서 복구해!"

진유청의 말에 쓰레기들을 피하기 위해 몸을 움직이던 정한수의 발이 미끄러져 나채환과 뒤엉켰다.

퍼버버벅!

진유청의 화는, 손에 잡을 수 있을 만큼 큰 쓰레기가 하나도 남지 않을 때까지 이어졌다.

진유청의 화는, 손에 잡을 수 있을 만큼 큰 쓰레기가 하나도 남지 않을 때까지 이어졌다.

"어? 유청아!"

이효민이 진유청을 발견하곤 친한 척을 하며 한걸음에 뛰어온다.

"생각해 봤어? 우리랑 같이 수업 듣는 거?"

그건 됐다니까. 그보단…….

진유청이 눈짓을 하여 자기 뒤를 가리킨다.

이효민이 목을 쭉 늘여 진유청이 가리킨 곳을 응시했다가 식겁한다.

"소, 소…… 한수!"

"내 성이 언제 소씨가 됐지? 지금 우리 가문 성을 네 마음대로 바꾸는 거야? 그런 거야?"

생긋 웃으며 되묻는 말이 무섭다.

안 친하다며?

이효민이 원망스럽다는 눈으로 진유청을 힐끔거린다.

진유청도 딱히 원해서 같이 있는 건 아니니 어쩔 수 없는 거지만…….

지금 중요한 건 그게 아니거든?

이번엔 진유청의 눈동자가 다른 쪽으로 굴러간다.

불길함을 느낀 이효민이 한 걸음 뒤로 물러선다.

첫 번째엔 정한수와 시선이 부딪쳤으니, 이 상황에서 두 번째로 떠오르는 이는 바로…….

이효민이 마른침을 삼키더니 가만히 몸을 돌린다.

"역시 눈치가 빠르네."

진유청이 감탄하더니 이어 말한다. 안 봐도 뻔했으니.

"나채환, 발 내려."

나채환이 이효민을 걷어차려 들어 올렸던 발을 조용히 내렸다.

자기 무리로 돌아간 이효민이 이쪽을 바라보며 뭐라 수군대는 게 보인다.

아무래도 진유청 자신은 이제 대외저으론 빼도 박두 못하고 이 강아지들에게 코가 꿰인 것 같았다.

에이, 모르겠다.

언제나처럼 진유청은 포기가 빨랐다.

이 개 두 마리가 왜 자신의 꽁무니만 졸졸 쫓아다니는진 알 수 없지만 제 풀에 지치거나 재미가 없어지면 관두겠지.

"유청아, 쟤네랑 같이 수업 듣기로 했어?"

정한수가 묻는다.

"아니."

"그럼 나랑 같이 들을까?"

정한수가 기대를 가득 담아 눈을 빛낸다.

“미리 말해 두는데, 난 무공도 별로지만 학문은 더 저질이야. 그러니 내 등쳐 먹을 생각으로 붙어 있는 거라면 어림도 없어!”

자신도 다른 사람 덕을 봐야 할 판에 염치없이 개 두 마리를 혹으로 붙이고 있을 순 없지 않겠나.

그 말을 끝으로 진유청은 할 말 다했다는 듯 후련한 얼굴을 하고는 몸을 돌려 발을 내딛는다.

“쟤, 지금 뭐라 그런 거냐?”

멀어지는 진유청의 등을 멍하니 보고 있던 정한수가 이내 정신을 차리고는 나채환을 향해 묻는다.

정한수는 화산파 장로의 제자로 다른 사람을 등쳐 먹어야 할 만큼 궁할 일이 없었고, 그럴 일이 있을 거라곤 상상해 본 적도 없다.

하물며 하남 진가장이 있다는 것도 진유청 때문에 알았으니 세가 큰 가문도 아닌 것 같고……. 딱 봐도 특출한 무공을 가진 것도 아니고, 입만 열면 쌍욕만 안 했다뿐이지 거친 기운이 풀풀 풍기는데, 학문과는 인연이 없다는 건 점쟁이가 아닌 자신도 알겠다.

대체 자신이 뭘 보고 진유청을 등쳐 먹을 생각을 하겠나.

진유청이 너무 진지하게 당부하기에 물어보진 못했으나 당최 이해가 안 가는 말이었다.

하나…….

"아쉽군."

나채환 이놈…… 보기보다 강적이네.

정한수의 웃는 얼굴이 일순간 무너질 뻔했다.



◐      ◐      ◐



"정말 전했단 거냐."

남궁혁이 싸늘한 목소리로 묻는 말에 이효민이 차마 고개를 들지 못하고 대답했다.

"네, 분명 전했습니다."

"그런데……. 아직도 하방에 오지 않았다는 거지……?"

남궁혁은 자신이 크게 은혜를 베풀어 그날의 수치스러운 일까지 눈감아 주고, 친히 부학장 상두에게 벌을 주지 말라 언질까지 해 두었는데, 감사 인사조차 오지 않는 진유청으로 인해 화가 머리끝까지 치밀었다.

혹시 그날의 실수로 인해 자신을 볼 낯이 없어 오지 못하나 싶어서 일부러 이효민을 시켜 하방으로 찾아와도 된단 말을 전하라고까지 했건만!

"나가 봐라."

남궁혁의 얼굴이 차갑게 굳어 있자 이효민이 조심스레 밖으로 나간다.

기껏 심부름을 했음에도 한 일에 대한 생색도 내지 못하고 남궁혁에게 좋은 인상을 줄 수도 없었단 게 아쉽지만……. 괜히 어물쩍거리다가 진유청을 향해야 할 날벼락이 대신 자기에게 떨어질 수도 있었다.

이효민이 나간 뒤 겨우 억눌렀던 분기가 다시금 치민 남궁혁이 탁자를 강하게 손으로 내리친다.

타앙!

탁자가 잘게 떨리며 바닥까지 흐릿하게 울렸다.

"그놈이 감히 남궁세가의 삼공자인 나를 무시한 건가!"

"남궁 공자님께서 그런 천박한 놈에게 왜 관심을 가지시는 건지 모르겠어요."

하도연이 불쾌한 듯 말하자 남궁혁이 못마땅한 얼굴로 말한다.

"나라고 원해서 하는 게 아니다."

"그럼 왜 그러시는 겁니까?"

하도연의 말에 남궁혁이 인상을 찌푸린다.

"지금 내 일에 간섭하려는 게냐!"

"그게 아니라……."

하도연이 뭐라 변명을 하기도 전에 하미연이 울상을 짓는다.

"혁아, 화내지 마. 무서워……."

남궁혁이 애처롭게 떠는 하미연을 보며 화를 가라앉힌다.

안색이 창백하고 성격이 독랄한 하도연에 비하면 하미연은 작은 새와 같았다.

남궁혁은 남궁세가와 친분이 깊은 하가장의 두 자매를 대함에 있어 누가 보아도 확연히 알 수 있을 정도의 차별을 했다.

"형님께서 특별히 부탁하신 일인데 제대로 되지 않아 그렇다. 화내지 않을 테니 무서워하지 말아."

"형님?"

하미연이 눈을 동그랗게 뜬다.

"그래. 큰형님께서 그 녀석에게 관심을 갖고 계셔서."

남궁혁이 한숨을 내쉰다.

대체 남궁민의 생각을 알 수가 없었다.

"네가 나서야겠다."

남궁혁이 자신의 수족처럼 부리는 사촌 동생 남궁철민에게 말했다.

"어떻게 말입니까?"

남궁철민이 고개를 갸웃거리자 남궁혁이 대답했다.

"너와 친분이 있는 녀석들 몇을 시켜 압박을 줘라. 날 찾아오지 않을 수 없게 만들어."

상방에 배정받은, 뒷배라곤 있을 턱이 없는 촌뜨기니 자신이 베풀었던 호의에 기대 하방에 찾아올 게 분명했다.

"알겠습니다."

남궁철민의 머릿속에 써먹을 만한 녀석 몇몇이 그려진다.

남궁혁은 소견 정한수가 변덕을 부려 신입 수련생에게 관심을 갖고 있지만 그게 오래갈 거라곤 생각지 않았다.

자신이나 정한수 정도 되는 위치에 있는 아이들은 해야 할 일이 많다.

자신들에게 무림학관은 잠시 스쳐 지나가며 발자국을 찍는 곳일 뿐이다.

무림맹에 파견되는 사부나 가문의 어른을 따라 무림맹에 왔다 무림학관에 입관한 형식으로 머물거나, 훗날을 위한 준비를 점검하는 곳.

언제까지나 소견이라 불리며 장난질을 칠 수도 없을 거고, 그런 '놀이' 때문에 남궁세가 삼공자인 자신과 틀어지기는 원치 않을 거다.

진유청이 하방으로 기어들어 오면 자신은 괘씸한 그 녀석의 애를 좀 태운 뒤, 넓은 배포를 보여 주어 자신의 휘하로 받아들여야지.

남궁혁이 상상의 나래를 펼쳤다.

# 第三章

## 상방 오호

"집 떠나면 고생이란 소리가 맞긴 한가 봐."

그게 이럴 때 쓰라고 있는 말 맞겠지?

진유청은 벽에 착 달라붙어 주변을 훑어봤다.

"없군."

어미 닭 쫓는 병아리도 아니고, 자신이 주인도 아닌데 꽁무니를 졸졸 따라다니려 드는 강아지 두 마리를 떼어 놓기 위해서다.

차라리 주먹질을 하면 좀 나은데, 강아지 두 마리가 눈을 초롱초롱 빛내며 자신을 바라보니……. 뼈다귀를 던져 주고 물어 오라 시킬 수도 없는 노릇이고.

진유청이 잰걸음으로 상방 숙소를 빠져나가 한창 수업이

이뤄지고 있는 무양전으로 향했다.

"하나, 둘!"

쉬익!

챙, 채앵!

나란히 붙어 있는 두 개의 연무장에서 수련이 한창이다.

자기가 신청한 수업의 교두가 가르치는 대로 아이들이 땀을 뻘뻘 흘려 가며 열심히 각종 병장기를 휘둘렀다.

아무래도 가장 많은 아이들이 몰려 있는 곳은 검술 수업이었고, 채찍이나 곤봉을 사용하는 수업은 별로 인기가 없어 교두와 수련생이 일대일로 마주 보고 서 있기도 했다.

"다들 열심이네."

땀을 뻘뻘 흘려 가며 훗날을 위해 스스로를 다듬는 모습은 침으로 보기 좋았다.

"쩝. 열심히 하는 사람이 상을 받아야 옳은 거지만, 세상이란 그렇게 녹록하진 않으니까."

씁쓸하지만 어찌할 수 없는 진실이다.

봐라.

연무장에 있는 아이들 중 하방 수련생들은 몇 명 보이지도 않고, 대부분이 상방에 묵는 수련생들이다.

무림학관의 수업이 수준을 한 차원 높여 주는 대단한 공부는 아니지만, 그래도 상방 수련생들은 그것이나마 주워 삼키기 위해 애쓴다.

그리고 몇 명 없는 하방 수련생들 앞에서 잠시도 쉬지 않고 자기 솜씨를 뽐내려 이를 악물지.

그러나 대부분의 하방 수련생들은 하방 숙소에 딸린 연무장에서 각자 수련을 하고, 모르는 부분은 총교두인 지창완에게 가서 묻거나, 맹에 머무는 자파의 어르신들에게 여쭌다.

"안되는 놈은 뭘 해도 안 되고, 그냥 죽어라, 죽어라 한다니까."

자신이 그 안되는 놈이었다.

저기서 손에 물집이 잡히고 갈라져 피가 배어나올 정도로 수련을 하는 아이들도 모르진 않으리라.

자기들이 아무리 노력해도 거대 문파의 수준 높은 무공과 좋은 스승, 몸을 뒷받침해 줄 값비싼 영약들을 이길 순 없을 거란걸.

간혹 스스로의 힘만으로 그 모든 걸 뛰어넘을 수 있는 천재나 노력가들이 나오긴 하지만, 그들 또한 한 집단이 가진 세력의 힘을 이기긴 어려웠다.

그래도 노력하는 걸 멈추면 아무것도 바랄 수조차 없게 된다.

무언가를 완성하기 위해 이를 악무는 동안은 꿈이라도 꿀 수 있으니까.

과거 진유청이 개망나니처럼 굴면서도 검술 수련만큼은

빼먹지 않았던 것처럼.

지금이야…… 자신이 잘할 수 있는 건 검을 휘두르는 게 아니란 걸 깨달았으니 망정이지, 아니면 다시 태어나서도 땀내 풀풀 날리며 안 되는 게 왜 안 되냐고 하늘을 향해 삿대질하고 있었을지도 모른다.

"조금만 눈을 돌려도 피안(彼岸)이 보일 텐데."

진유청 자신의 피안은, 바로 이현 형님의 등 뒤였다.

하긴 자신 또한 그 '조금'의 차이를 깨닫기까지 한 번의 죽음과 깊은 속죄가 필요하였으니…… 말처럼 쉬운 일은 아닐 테지.

어쩌면 저 중에 자신의 형님처럼 스스로 잘났고, 주위의 도움으로 날개를 달 수 있는 인재가 있을지도 모른다.

꿈을 이룬 지는 끝까지 포기하지 않은 이뿐일 테니, 누군가 피땀을 흘려 결국 원하는 걸 얻어 낸다면 박수받아 마땅할 일이고, 다른 이들의 귀감이 되리라.

다만 진유청은 세상엔 하나의 길만 있는 건 아니라는 걸 저들이 알았으면 좋겠다고 생각했다.

저들 중 꿈을 이루는 자가 나올 수 있을진 장담할 수 없지만, 저들 중 대부분이 꿈을 이룰 수 없다는 건…… 확실하니까.

검을 휘두르던 이효민이 이마에 맺힌 땀을 손등으로 닦아 내다 저편에 서 있는 진유청을 발견하더니 흥 하고 콧방귀를 뀌며 고개를 돌린다.

"똥파리에게도 꿈은 있겠지?"

진유청은 그 꿈이 똥물 속에서나마 피어날 수 있길 빌어
줬다.

만약 똥물에서도 꽃이 필 수 있다면, 말이다.

연무장에 인접해 있는 무양전은 조용했다.

전각 안으로 들어가면 각각 나뉘어 있는 공간에서 무공
에 대한 이해를 높이기 위해 여러 가지 해석과 대화가 오가
고 있겠지만 바깥쪽은 한산했다.

진유청은 볕이 잘 들고 위가 평평한 바위에 엉덩이를 걸
쳤다.

무림학관에 입관하자마자 개 두 마리에게 시달렸는지라
이렇게 조용한 시간이 이어지는 건 참으로 오랜만인 것 같
은 기분이 들었다.

사실 무림학관으로 오는 게 최고의 선택이라고 자신할
순 없었다.

하지만 아무리 찌질한 놈이더라도, 소중한 것들을 지키
기 위해서는 물러날 수 없을 때가 있다. 과거의 자신은 그
조차 하지 못한 버러지 같은 놈이었지만 말이다.

“학관에선 네 명은 만나고, 네 명은 피해야 하는데…….
피해야 할 넷 중 남궁혁과는 벌써 마주쳐 버렸으니 별수 없
고, 나머지 셋은 웬만하면 볼일 없도록 더 조심해야겠다.”

진유청이 무림학관에 갈 만하다고 생각했던 이유와, 가
고 싶지 않았던 이유가 모두 포함되는 말이다.

“개 두 마리는 피해야 할 네 명 중 포함 안 시켰었는
데……. 그것들은 덤인가?”

덤이라…….

진유청이 발을 까딱거리며 고민한다.

그렇다는 건 개 두 마리가 덤으로 얹어질 정도로 무시무
시한 걸 자신이 받았다는 건데…….

아니다. 절대, 그런 적 없다.

강하게 부정한 진유청은 등골이 오싹하여 마른침을 삼킨
다.

“에이, 설마.”

진유청이 머리를 흔들며 떠오른 생각을 지웠다. 그리고
현재에 집중한다.

“처음 만나야 할 사람은……. 도둑 노인네인데 왜 안 나
타나지?”

학관에 입관한 후 한 이 년쯤 지났을까. 무림맹에 도둑이
들었었다.

무엇이 없어졌는지는 알려지지 않았지만, 그 도둑이 잠

입하기 어려운 무림맹 대신 무림학관으로 먼저 침투하여 맹의 동향을 살폈다는 소문이 파다하여 한동안 학관 내가 흉흉했다.

학관에 대한 관리가 소홀했다며 무림의 앞날을 이끌어 갈 인재들의 안전에 더욱 신경 써야 한다며 부학장 상두가 거품을 토할 정도로 강하게 주장했다.

그 도둑이 무양전을 관리하는 노인네였단 건 그러고도 좀 더 있다 알게 됐다.

하방 언저리를 맴돌며 가끔 하방 출입을 할 수 있다는 사실을 자랑스러워하던 고두희가 주워듣고 와서 거들먹거리며 얘기해 준 것이다.

나중에 들었던 하오문이 멸문하여 완전히 사라진 시기가 그쯤으로 일치하니⋯⋯.

"둘이 연관이 있겠지?"

하오문은 각양각색의 사람들이 모여 만들어진 문파이고, 기녀나 점소이, 하다못해 도둑까지 문도로 받아들이는 곳이라 했다.

무림을 움직일 큰 정보를 얻거나 활용하긴 어렵지만 사람들의 생활 속에 파고들어 얻은 자잘한 정보들을 규합하면 제법 쓸 만한 게 나온다고 했다.

"설마 노친네, 혼자 사고 친 건 아니겠지?"

죽기 전에 무림에 큰 발자취를 남겨 보겠다, 이러면서.

쓰읍, 그러면 안 되는데…….

"어?"

무양전에서 구부정한 자세로 손에 뭔가를 잔뜩 들고 걸어 나오는 노인을 보며 진유청의 눈이 동그래졌다.

"저 사람인가?"

왜소한 몸으로 휘청휘청 힘겹게 움직이는 모양새가……영…….

"아닌가?"

진유청이 고개를 갸웃거리다가 노인이 쓰러질 것처럼 몸이 앞으로 쏠리자 얼른 뛰어갔다.

"도와 드릴게요."

진유청의 노인의 손에 들려 있는 청소 도구에 손을 댄다.

"허허, 괜찮습니다. 어린 공자님이 들고 다닐 만한 물건이 아니니 신경 쓰지 마십시오."

무림학관 내에서 상방의 아이들은 전혀라고 해도 좋을 만큼 대접받지 못하지만, 자기 가문이나 문파로 돌아가면 금이야 옥이야 키워지는 귀한 공자님들이었다.

자연 하인이나 아랫사람을 부리는 게 자연스럽고, 내키는 대로 거칠게 다룬다.

노인이 움찔하는 게 느껴져 진유청이 콧잔등을 찡그렸다.

왠지 진가장의 왕노가 떠오르지 않는가.

"주세요."

진유청이 억지로 빼앗듯 청소 도구를 건네받았다.

키가 작은 진유청이 제 눈높이로 쌓일 만큼 많은 짐을 품에 안으니 앞이 보이지 않는다.

진유청이 발끝으로 앞을 더듬으며 천천히 나아갔다.

"이러시면 안 되는데……."

노인이 우물쭈물하면서도 어쩔 수 없이 진유청을 따른다.

"저는 진유청이에요, 할아버지는 무양전을 관리하는 분이세요?"

"그렇습니다, 진 공자님."

콜록거리는 소리가 등 뒤에서 들려오자 진유청이 이마를 찌푸린다.

"약은 드셨어요?"

"살 만큼 산 노인네가 무슨 약입니까. 기침 좀 하고, 좀 앓다 보면 또 언제 그랬냐는 듯 괜찮아집니다."

"그래도 드셔야지요……."

자신이 무림학관에 올 때 짓무른 눈을 몇 번이나 비비며 죽기 전에 도련님을 뵐 수 있어야 할 텐데, 라고 말하던 왕 노로 인해 비슷한 나이대의 노인만 보면 그렇지 않아도 마음이 안 좋은데…….

이제 됐다 말하는 노인에게 진유청은 끝까지 우겨 무양전 인근에 있는 노인의 거처까지 짐을 들어다 주었다.

"아이쿠! 고생하셨습니다, 공자님. 제가 무양전을 관리

한 지 시간이 제법 지났는 데도 이 늙은이가 힘들어 보인다
고 짐을 대신 들어준 분은 공자님이 처음이십니다.”

노인이 얼굴에 주름을 잡으며 웃는다.

하여간 어린놈들이 싸가지 없어 갖고는. 곧 숨넘어갈 것
같은 노인네가 이렇게 무거운 걸 들고 가는데, 도와주겠다
고 나서는 놈이 그동안 한 명도 없었단 건가.

진유청이 속으로 구시렁댄다.

아무래도 자기를 하노라 불러 달라한 노인은 진유청 자
신이 생각한 도둑은 아닌 모양이다.

고두희 그 녀석이 하방에서 헛소리라도 주워듣고 와서
얘기한 건가.

뭐, 정 안 되면 홍개 할아버지를 들들 볶으면 된다.

마진호와 징교 심혼이 있으니 도와 딜라고 하면 홍개 할
아버지도 자신의 부탁을 들어주지 않을 수 없을 거다.

아버지와 이현 형님의 귀에 들어가면 안 되니 이런 수까
지 생각해 낸 거지만, 사실 자신도 홍개 할아버지를 통하는
게 더 편하긴 했다.

그래도 학관에 와서 처음으로 시도한 일에 틈이 벌어지
자 아쉬움이 남는지 입맛을 다신 진유청이 하노에게 말했
다.

“감기약은 꼭 챙겨 드세요.”

하노가 고개를 끄덕인다.

진유청이 손을 흔든 뒤 노인의 거처를 나왔다가 아무래도 저 노인네가 감기약을 안 챙겨 먹을 것 같단 생각에 간단한 부상이나 약을 처방받을 수 있는 의약전으로 향했다.

"왕노도 그랬거든. 꼭 먹으라면 안 먹고……."

청운자 할아버지가 준 감기약은 먹었으려나.

자신이 그건 꼭 먹으라고 신신당부 했었는데……. 돌아갔을 때까지 안 먹고 꼬질꼬질하게 품속에 감춰 두었으면 진짜 화낼 거야.

진유청이 속으로 다짐했다.

◐　　　◐　　　◐

의약전에 도착한 진유청은 감기에 좋은 약을 지어 달라 했다.

하남성에 있는 어느 의원님 덕분에 약이라면 아주 질색을 하게 된지라 의약전에서 풍기는 약 달이는 냄새는 진유청에게 너무 곤욕스러웠다.

"여기 있습니다."

의원이 약을 건네주자마자 진유청이 고맙다며 인사를 한 뒤 냉큼 밖으로 나간다.

"후아, 후아!"

크게 숨을 들이쉬었다 뱉은 진유청이 팔을 들어 코에 대고 쿵쿵 냄새를 맡는다.

왠지 약 달이는 냄새가 온몸에 배어 있는 거 같다.

진유청이 다시 무양전으로 가려는데 낯익은 목소리가 들렸다.

"그래서 하방에 갔다 왔다니까?"

재빨리 의약전 처마 밑 그늘에 몸을 숨긴 진유청이 고개를 갸웃거린다.

누구지?

점점 가까이 오는 한 무리의 아이들을 유심히 바라보던 진유청이 헛 하고 신음성이 터져 나오는 걸 두 손으로 겨우 막았다.

"진유청 그 자식, 상방 오호에 있다고 했지?"

"응, 광견하고 같은 방이잖아."

"나채환…… 그 개새끼, 어떻게든 학관에서 쫓아내야 하는데. 이번 일만 잘 해결되면 남궁 공자님과 상의해 봐야겠어."

남궁씨를 언급하는 것만으로도 자기가 뭐라도 된 것처럼 우쭐대는 경박함이 진유청이 기억하는 누군가와 꼭 같다.

"피해야 할 두 번째 놈이잖아, 저거."

고두희다.

진유청은 고두희 패거리가 완전히 멀어진 후에야 그늘 밖으로 나왔다.

“이번에도 또 남궁혁이 관계된 건가?”

고두희가 남궁 공자 어쩌고 했으니 남궁혁이건 남궁 뭐
시기건 간에 남궁씨와 관련이 있는 건 확실할 거다.

진유청은 자신과 남궁혁이 맺은 악연이 참으로 질기고도
독하다고 생각했다.

“쯧.”

기분이 나빠졌지만 그래도 손에 들고 있는 약은 전해야
겠지.

진유청이 하노의 거처로 갔다.

“계세요?”

방문을 열고 밖을 내다본 하노가 진유청을 발견하곤 깜
짝 놀란다.

“공자님, 어인 일로 다시 오셨습니까?”

“아무래도 또 약을 안 드실 것 같아 제가 지어 왔어요.”

진유청이 들고 있던 약을 건넨다.

하노의 눈동자가 조금 흔들렸다.

“번거롭게 뭐 이런 걸…….”

하노가 약을 받아들자 진유청이 눈살을 찌푸린다.

“왜 그러십니까, 공자님?”

뭐가 잘못됐나 싶어 하노가 묻는 말에 진유청이 고갤 저
었다.

“아니에요. 그럼 약 드시고, 나중에 또 봬요, ‘꼭’ 이

요!"

"네? 네……. 알겠습니다. 이 늙은이는 언제나 무양전 아니면 여기에 있으니 필요한 일이 있으시면 언제든 오십시오."

하노가 부드럽게 말했다.

진유청이 알았다는 듯 웃어 보인 뒤 몸을 돌린다.

"고두희가 잘못 알았던 건 아닌가 보군."

나지막한 어조로 진유청이 혼잣말을 중얼거렸다.

약을 건네줄 때 잠시 스쳐 지나간 하노의 손은 험한 일을 하는 사람 같지 않게 너무나 부드러웠다.

왕노와는 전혀 다른, 등을 긁어 줘도 조금도 시원할 것 같지 않은 그런 손이었다.

청운자 할아버지에 비해서도 훨씬 더.

도둑이라면 손 쓰는 일보다 다리 쓰는 일에 더 신경을 썼을 테니 당연한 거려나.

하노의 거처에서 멀찍이 떨어진 곳까지 가자 진유청의 걸음이 조금씩 느려진다.

이 년 뒤 무림맹을 털어먹고 달아나는 데 성공한 노인네가 저렇게 골골댈 리가 없다.

자신과 어울리지도 않게 착한 일 한번 하려다가 고두희와 마주칠 뻔하고, 결국은 쓸모없는 짓을 한 게 됐다.

결론적으론 그 덕에 하노가 도둑 노인네가 맞단 걸 알게 되긴 한 거지만…….

"그래도 약, 괜히 지어다 줬어."

왕노와 겹쳐져서 마음 아파했던 게, 아깝다.

자신도 어차피 필요에 의해 첫 만남을 만들어 낸 거니 이렇게 말할 자격이 없을지는 모르지만…….

생각과는 다르게 진유청의 눈가에는 심술이 덕지덕지 붙은 채 씰룩거렸다.


◐　　　◐　　　◐


"유청이 넌 하노가 마음에 들어?"

침상 가장자리에 엉덩이를 슬쩍 걸치며 묻는 정한수로 인해 뒹굴거리던 진유청이 고개를 들었다.

"왜?"

"무양전에 드나들길래 수업에 관심이 생겼나 했더니만, 무양전 안으론 안 들어가고 하노랑 얘기만 하다 오니까."

"설마 내 뒤를 밟은 건 아니겠지?"

진유청이 눈을 게슴츠레 뜨자 정한수가 손사래를 쳤다.

"그럴 리가! 난 그저 채환이와 함께 수업을 들으러 가던 차였다고."

진유청의 맞은편에 있는 자기 침상에 비스듬히 누워 있던 나채환이 주섬주섬 손을 뻗어 뭔가 잡히는 게 없는지 찾는다.

발로 걷어차기엔 거리가 너무 멀었다.

변명을 해도 어디서 그런 말도 안 되는 걸……

"멍청한 놈."

잡히는 게 없자 나채환이 깔고 있던 베개를 냅다 던졌다.

타악!

자신을 향해 날아오는 베개를 가볍게 잡아챈 정한수가 생긋 웃으며 일어나려 하자 진유청이 말했다.

"저번에 부셨던 거 다 복구 못 했으면 그냥 앉아 있어."

정한수가 화들짝 놀라 다시 침상 위에 엉덩이를 꾹 붙인다.

땔감도 못되고 이나 쑤셔야 할 정도루 잘게 쪼개진 나무 조각들을 붙여서 원래 형태의 침상을 만들라고 하는 건 좀 너무하지 않은가.

"채환이가 나보고 멍청한 놈이라니까 그만 울컥했어."

실실 웃으며 말하지만 간간이 까드득 이 가는 소리가 들리는 것이, 진유청에겐 기분 나쁘다는 듯 바닥을 탕탕 내리치는 정한수의 꼬리가 보이는 것 같다.

"저놈의 꼬리질."

진유청이 혀를 차지만 정작 당사자인 정한수는 물론, 정한수와는 다르게 기분이 괜찮을 때 으레 그러듯 살랑살랑 꼬리를 흔들고 있는 나채환도 무슨 소린지 알 수가 없어 고개를 갸우뚱한다.

"그런 게 있다."

별거 아니라는 듯 손을 내저은 진유청으로 인해 잠시 끊겼던 말이 이어진다.

"살면서 내가 멍청하단 얘기는 처음 듣는데, 이유가 뭘까아?"

말끝을 길게 빼며 '누가 감히 그런 소리를!' 이라고 눈을 번뜩이는 게 정한수는 정말 그 이유를 모르는 모양이었다.

"요즘 무림학관에서 제일 한가한 사람이 누구냐?"

진유청의 말에 정한수가 손가락으로 말을 꺼낸 당사자를 가리킨다.

"유청이 너지."

수업은 전혀 듣지 않고, 개인적으로 수련을 하는 모습을 보인 적도 없다.

책도 안 읽고, 하는 거라곤 오직 빈둥대거나, 하노를 찾아가거나.

학관 내에서도 저만치 쓸모없어 뵈는 녀석은 처음이라며, 광견과 소견의 관심을 끈 일로 이름을 알린 거에 비해 진유청의 유명세는 얼마 가지도 못하고 거품처럼 사그라졌다.

"그럼 나 전에는?"

"유청이 너 전에는……."

정한수의 시선이 건너편에 있는 나채환에게로 향한다.

“그렇군.”

정한수는 그제야 깨달은 듯했다.

광견 나채환은 진유청 못지않게 수업도 안 듣고, 수련도 안 했으며, 하는 거라곤 싸움질에 사고 치는 것밖에 없었다. 그런 나채환이 연무장도 아니고 무양전에 갈 리가 있나.

“그러니까 결론은 한수, 네가 내 뒤를 밟았다는 거네?”

진유청이 베개 모퉁이를 손으로 잡았다.

“그게…… 베개는 놓고 얘기하지그래.”

정한수가 혀로 입술을 축이며 눈가를 흰다.

“왜, 너도 하나, 나도 하나. 좋네.”

휘익!

진유청이 베개를 휘두르는데 솜에 쌓인 천이라고 우습게 볼 게 아니다.

“채환이도 같이 갔어! 나채환, 왜 너는 안 간 것처럼 그래!”

정한수가 다급히 나채환을 끌어들인다.

“누가 안 갔대?”

나채환이 양어깨를 으쓱거리며 오히려 정한수에게 되묻는다.

발뺌을 하는 것도 아니고 당당하게 사실을 밝히는 모습을 보면서 왜 속에서 불이 치미는 걸까?

정한수의 눈초리가 파르르 떨렸다.

어쨌건 사실이다. 가긴 같이 갔다.

정한수는 괜히 자기 이름만 댔다가 나중에 유청이가 알게 되면 혼자 몽땅 뒤집어써야 할까 봐 공범인 나채환을 굳이 갖다 붙여 함께 수업을 들으러 가던 중에 발견한 거라 변명한 것이다.

나채환이 왜 광견이라 불리는지는 잠시 망각하고서.

퍼억!

그냥 혼자 발견한 거라고 할걸.

방심하고 있다 진유청이 내리찍는 베개에 정수리를 얻어맞고 맨처음 든 생각이다.

"난 걱정돼서 그런 거야. 오랜만에 갈아입을 옷 가지러 하방에 가 봤더니 누가 널 노린다는 소문이 돌더라고."

"나도 알아."

진유청이 대답한다.

"알아?"

"응. 내 귀로 직접 들었지."

"대체 누가 널 노리는데?"

정한수가 나직한 어조로 묻는다. 가늘게 휘어진 눈동자가 독기로 파랗게 빛난다.

"이거나 막으시지!"

그냥 화제를 전환하기 위한 거라고 하기엔 상당히 과격

해 보이는 동작이다.

진유청이 베개를 든 손을 바깥쪽으로 크게 원을 그리며 돌리자, 정한수가 자기도 질세라 나채환이 던졌던 베개를 꼭 쥔다.

하지만…….

퍽!

공격은 앞이 아니라 뒤에서 먼저 들어왔다.

"왜!"

정한수가 나채환을 향해 고개를 돌려 묻는다.

"거짓말한 건 너잖아."

옆 침상에 놓여 있는 베개를 집어던진 나채환이 대답했다.

저런 배신자! 이 때 일이라니, 불리하다.

정한수는 방문과 이어지는 벽에 딱 붙은 침상 모퉁이에 양 무릎을 세워 두 팔로 껴안고 앉아 있는 녀석을 불렀다.

"베개 하나 들고 와!"

웅크리고 있던 권오현이 고개를 번쩍 든다.

"네?"

권오현의 나이가 정한수보단 위지만, 반말은 나오지 않는다.

"서, 설마 저 부르시는 겁니까?"

"빨리!"

　정한수의 재촉에 권오현이 울 듯한 얼굴로 베개를 손에 든다.

　"이런 기회 아니면 죽을 마음먹지 않고서야 언제 광견을 두들겨 패 볼 수 있겠어, 안 그래?"

　권오현은 원래부터 광견을 두들겨 패 보고 싶다는 위험한 생각 자체를 해 본 적이 없었기에 진유청이 한쪽 눈을 찡긋하며 하는 말도 그다지 위로가 되지 못했다.

　바들바들 떨리는 다리를 앞으로 내딛는 권오현에게 나채환이 말했다.

　"날 두들겨 패겠다고?"

　나채환의 으르렁거림에 놀란 권오현의 발이 꼬이며 그의 몸이 앞으로 쏠린다.

　콰당!

　물론 자기가 한 말도 아니고 진유청이 한 말인데, 정작 나채환의 사나운 눈빛은 자기 차지가 됐으니 권오현이 억울한 마음이 들 만도 하단 건 십분 이해가 가지만…….

　쉬이익!

　그렇다고 저 나채환에게 베개를 던질 줄이야.

　너, 제법인데?

　정한수가 바닥에 개구리처럼 납작 엎드려 뒤통수만 보이는 권오현을 향해 엄지를 치켜드는 순간, 권오현이 고개를 번쩍 들었다.

“소, 손이 미끄러진 거야!”

절대 일부로 그런 건 아냐!

자존심이고 뭐고 당장 살아야겠다는 권오현의 마음이 절실히 느껴진다.

“그렇대.”

진유청이 나채환이 아닌 정한수에게 말한다.

“그렇군.”

정한수도 자연스럽게 진유청의 말을 받았다.

그리고 둘이 시선을 교환한 뒤 동시에 외쳤다.

“뭐해, 막아!”

진유청이 발작하려는 나채환을 향해 몸을 날리고 정한수가 그 뒤를 따른다.

쿠과광!

권오현은 바닥이 참 차갑다고 생각하며 자신의 머리꼭지 저편에서 벌어지는 난리에서 애써 멀어지려 했다.

간혹 바닥이 울리고 몸이 붕 떴다 가라앉는 듯했지만 설마 착각이겠지.

정식으로 무공을 사용하여 싸운다 해도 그 정도 진동은 일어나지 않을 거다, 아마도.

베개 싸움은 시시하게 끝이 났지만, 그 뒤에 이어진 주먹질은 한참 동안이나 계속됐다.

권오현은 싸움이 끝나기를 기다리다 지쳐 잠이 들었다.

“애, 잔다.”

처음엔 정한수의 말이 농담인지 알았다.

“아냐, 정말 자.”

진유청이 엎어져 있는 권오현에게 다가가 그 앞에 쭈그리고 앉는다.

권오현을 손끝으로 몇 번 쿡쿡 찔러본 진유청이 혀를 내두른다.

“와아, 진짜로 자네?”

어쩌면 대단한 녀석일지도. 머리맡에서 개 두 마리와 사람 하나가 혈전을 벌이는 진기한 광경이 펼쳐지는 데도 구경할 생각도 안 하고 기절한 것처럼 잠을 자다니.

이번엔 진유청이 나채환을 손짓으로 불렀다.

나채환이 다가오자 진유청이 자기 옆자리를 손으로 두드려 가리킨다.

나채환까지 바닥에 앉아 권오현을 내려다보자 세 명이 드리운 그늘이 잠든 권오현의 머리 위에 밤의 어둠을 베푼다.

“에구, 괜한 짓을 했나.”

진유청이 권오현을 향해 미안하다는 듯 중얼거린다.

"뭐가?"

정한수의 물음에 진유청이 대답했다.

"채환이로도 버거울 텐데 너까지 와서 죽치고 앉아 있으니, 다른 녀석들은 학관을 관둔 건지 아니면 다른 방에 가서 민폐를 끼치는 건지 다들 사라지고 얘만 남았잖아."

진유청 자신이 오기 전에 학관을 그만둔 아이가 둘이라고 했고, 정한수 한 명이 얹어졌으니 여덟 명 정원인 상방 오호엔 적어도 일곱 명이 있어야 했다.

한데 시간이 지날수록 한 명씩 사라지더니 이젠 딱 네 명밖에 남지 않았다.

물론 진유청 자신과 광견, 소견을 포함해서.

"잘해 줘야지. 오호에서 유일하게 정상적인 정신 상태를 갖고 있는 친구잖아."

진유청이 굳이 권오현을 베개 싸움에 끌어들이는 정한수를 막지 않은 까닭이다.

오호에 머물 정당한 자격이 있는 권오현이 제 방임에도 불구하고 편히 쉬지도 못하고 항상 안절부절못하는 게 신경이 쓰여 개 두 마리와 조금이라도 친해지면 괜찮아질까 싶어서.

"친구?"

정한수가 못마땅한 듯 그 말을 되풀이한다.

자신들은 진유청과 친구가 되기 위해 얼마나 많은 노력

을 해야 했는데, 이 녀석은 그냥 어디에나 널려 있는 평범한 녀석이라는 이유만으로 그냥 친구가 될 수 있다는 거야?

진유청이 정한수의 이마를 쥐어박았다.

녀석이 무슨 생각을 하는지 빤히 보인다.

"그럼 강아지들이 사람하고 같은 취급받길 바랐냐."

염치도 없지.

"가, 강아지들!"

정한수가 코를 씰룩인다.

소견이란 이름은 남들보다 못한 게 있어 얻은 게 아니다. 그것은 남들보다 과하게 더한 게 많아 불리기 시작한 것.

"괜찮아, 괜찮아. 강아지도 잘 자라면……."

진유청이 위로를 해 주려 했지만 선뜻 떠오르는 게 없다.

붕어는 다시 태어나면 잉어가 되고, 잉어가 좋은 밥 먹고 잘 자라면 용이 된다.

그럼 강아지는?

……강아지가 커 봤자 그냥 개 되는 거 아냐?

"이씨……!"

정한수가 웃는 낯 그대로 인상을 쓴다.

진유청이 열심히 머리를 굴리다가 정한수의 어깨 위에 손을 올린다.

정한수가 혹시나 싶어 약간의 기대를 담아 진유청을 바라보자 진유청이 말했다.

“훌륭한 개로 자라면 되지.”

아, 네…….

정한수는 그대로 굳고, 나채환은 의문을 표한다.

“훌륭한 개가 어떤 갠데?”

어렵다, 어려워.

너네는 왜 그렇게 궁금한 게 많니, 응?

“사……냥개?”

거지들에게 잡아먹히는 동네 똥개보단 훌륭하겠지?

“사냥개는 실컷 부려 먹힌 뒤 사냥이 끝나면 삶아 먹히잖아.”

나채환이 고갤 저으며 거부한다.

나채환의 성격상 귀하게 여기는 척하며 실컷 이용만당하다 내팽개쳐지느니, 동네 똥개도 술꾼들 발에 채이다 솥에 삶겨지는 편이 낫다고 여기는 듯했다.

“음…….”

진유청이 아무리 머리를 쥐어짜도 답이 나오지 않았다.

“우리 이 문제에 대해선 진지하게 나중에 다시 한 번 애기해 보자.”

은근슬쩍 넘어가기로 한다.

“안 돼. 지금 애기해 줘!”

눈을 가늘게 뜨고 애기하는 정한수에게서 단호함이 엿보였다.

진유청은 그런 정한수를 물끄러미 바라봤다.

진유청 자신과 나채환과 어울리기 시작한 이후 정한수의 예쁘장한 얼굴엔 멍이 가실 날이 없는 것 같다.

흰 얼굴에 눈두덩이만 까맸던 동네 강아지가 떠오른다.

바둑을 둔 것처럼 흰 돌 검은 돌이 교차한다 하여 그 강아지 이름이 아마…….

"풉!"

진유청이 저도 모르게 웃음을 터트릴 뻔했다.

"왜 그래?

인상을 쓰니 더욱 알록달록 눈가에 잡힌 멍이 돋보인다.

정말 바, 바둑이!

"푸헤헤헤헤!"

참으려고 해도 참아지지 않았다.


하마터면 대참사가 일어날 뻔했으나, 좀 전에 뼈마디가 쑤실 정도로 주먹질을 했던 관계로 진유청이 갑자기 웃음을 터트렸던 사건은 어찌어찌 덮어질 수 있었다.

"피곤하다."

진유청이 엎어진 권오현의 등을 베고 바닥에 대자로 눕는다.

정한수와 나채환도 내키는 대로 바닥에 몸을 눕혔다.

세 명의 아이들은 한동안 침묵하며 천장을 바라봤다.

먼저 정적을 깬 이는 정한수였다.

"유청이 너, 정말 애랑 친구할 거야?"

정한수가 손가락으로 진유청이 베고 있는 권오현을 가리킨다.

"애가 원하면."

안 원하면 어쩔 수 없는 거고.

"우리도 우리가 원해서, 친구해 준 거야?"

진유청은 바로 아니라고 대답하지 못했다.

자신이 그렇게 마음이 넓은 줄 아냐고, 그럼 남궁혁과도 벌써 친구 먹고 어깨동무를 했을 거라고…… 왜 말이 안 나오지?

그런데 우리 친구가 맞긴 한 거냐? 그래?

저 녀석들이 억지를 부리기에 장단 좀 맞춰 주고, 언제라도 질리면 돌아서겠지라고 생각하는 게 사실 친구는 아니잖아…….

자신의 물고기들도 필요해서 잘해 주다 결국 그 녀석들이 코가 꿰인 건지, 자신이 코가 꿰인 건진 모르겠지만 친구에서 시작하여 가족이 됐다.

진심으로 서로를 위하고 걱정한다.

하지만 필요에 의해서도 아니고, 자신이 먼저 호감을 가진 것도 아닌데 이렇게 뒤엉켜 이어진 인연은 어떻게 해야 하나?

이것도 친구는 친구인 건가?

그냥 같이 노는 사람이란 의미의 친구라면 권오현과 친구하겠다고 한 것처럼 쉽게 얘기할 수 있지만, 정한수가 묻는 게 그런 뜻이 아니란 걸 알기 때문에 진유청은 섣불리 대답할 수 없었다.

"말 나온 김에 물어보자. 너네는 왜 나랑 친구하고 싶었던 거냐?"

진유청은 궁금했다.

자신이 휘황찬란하게 잘생겨서 모두에게 호의를 받을 만한 얼굴을 가진 것도 아니고, 성격이 대해와 같이 넓은 것도 아니고, 무공이나 학문에 뛰어난 자질이 있는 것도 아닌데.

……생각하다 보니 뭔가, 왜 갑자기 슬퍼지지? 쳇!

대답은 의외로 정한수에게서가 아니라 나채환에게서 나왔다.

"나한테 맞기 전과 맞고 난 후의 눈빛이 달라지지 않았으니까."

고작 그런 이유로, 전혀 어울리지도 않게 광견이란 놈이 나랑 친구하고 싶어서 꽁무니를 졸졸 따라다녔다는 거야?

"화를 내고 주먹질을 하면서도 미움이나 살기로 번지지 않더라. 호기심도 두려움도 없이 꿰뚫어 보는 눈에 치우치지 않은 공평함을 갖고 있었다. 그리고 나는 그걸 알아볼 수 있었지."

무슨 소린지는 영 알아먹기 어렵지만…… 자기가 보는 눈이 있어서 그렇다는데 뭐라 그러겠나.

그래, 너 잘났다.

퍽!

진유청이 누운 자세 그대로 발을 들어 올려 가까이에 있는 정한수의 옆구리를 찬다.

정한수가 옆으로 굴러갈 뻔했던 몸을 바로 하며 말했다.

"왜!"

"전달(傳達)."

전달? 정한수가 나채환 쪽을 가리키자 진유청이 고개를 끄덕였다.

정한수가 옆구리의 통증을 잊고 실실 웃으며 발을 들어 올릴 때 나채환이 말했다.

"죽는다."

정한수가 움찔하며 고민하다 다시 진유청에게 시선을 돌린다.

진유청이 배시시 웃으며 말했다.

"그만하자."

누구 마음대로?

괜히 옆구리만 걷어차인 정한수로선 코에서 김이 나올 일이다.

“사는 게 원래 그런 거야.”

진유청이 어깨를 으쓱거린다.

뭐가 원래 그래! 그런 불공평하고 더러운 일이……!

정한수가 씩씩거리며 둘 다 쥐어 팰 결심을 먹었을 때, 갑자기 나채환의 목소리가 들려왔다.

“너는? 정한수, 너는 갑자기 왜 끼어든 거냐?”

“응?”

정한수가 나채환의 말에 신경 쓰느라 공격할 때를 놓친다.

“왜 상방에서 죽치고 있게 됐냐고.”

나채환이 재차 말하자 정한수가 결국 어중간하게 들어 올렸던 발을 내려놓으며 대답했다.

“재밌어서.”

진유청의 행동도 나채환의 반응도 정한수에겐 모두 신기하고 즐겁게 다가왔다.

이들에겐 하방 녀석들의 고리타분한 사고나 퀴퀴한 행동, 상방 녀석들의 알랑거림이나 과한 피해 의식이 없었다.

얼굴과 행동이 생각하고 있는 바를 그대로 드러내고, 말로 표현하기 어려운 것엔 손과 발을 쓰는 데 주저하지 않는 호쾌함이 좋다.

그 이름 자체로 스스로를 표현하는 데 주저함이 없으니, 얼마나 깨끗한가.

"그렇군."

간단한 답이지만 나채환과는 다른 확실한 뜻에 진유청이 오히려 편하게 수긍했다.

열 살, 열한 살, 아직은 소년이라고 하기엔 앳된 나이.

하지만 친구를 사귈 때 목적이 뭐고 이유가 뭐냐 물어야 하는 자신들은, 어쩌면 나이와는 상관없이 이미 다 자란 걸지도 모른다.

아이와 어른의 시간이 뒤죽박죽 섞여 공존하는 때라고 하는 게 맞으려나.

"유청이 니 성질도 보통이 넘는데…… 정말 싫었으면 채환이고 나고 간에 절대 옆에 있는 거 허락 안 했을 거 같은데. 넌 왜 그냥 어쩔 수 없다는 듯이 받아들였어?"

이번엔 진유청이 대답해야 할 자례다.

진유청은 덤덤히 입을 열었다.

"니네는 싸움질을 해도 무공은 안 썼으니까."

상대방이 먼저 무공을 사용하여 공격하지 않는 한은 앞으로도 쭉 그럴 것 같았다.

그리고 하나 덧붙인다면…….

진유청은 이 둘의 상처를 알고 있다. 그래서 모르는 척 외면은 할 수 있어도 자신의 뒤를 쫓아다니는 이 녀석들을 끝까지 내치기는 어려웠다.

다시 침묵이 감돌자 진유청이 말했다.

"잠이나 자자."

다른 두 녀석의 대답이 들려오지 않는 걸 보니 이미 잠이 든 건가?

아니면 자는 척하는 걸까.

진유청이 눈을 감았다.

얽히지 않으려 아등바등거렸지만 개 두 마리와 자신 사이에 교감이 생겼다는 걸 부정할 순 없다.

진유청은 앞으로 다가올 일들만 아는 게 아니다. 과거 삶에서 인연을 맺은 이들이나 다른 이의 입을 통해 전해 들은 것 중 잊히지 않은 것들은 모두 기억이란 형태로 머릿속에 자리 잡고 있었다.

즉, 지금 나채환이 자기 얘기를 진유청에게 하진 않았으나 진유청은 과거에 나채환이 학관에서 반강제로 나가게 된 이후 들려온 소문으로 인해 그가 어린 나이에 급사했다는 걸 안다.

그가 제 아비를 지독하게 싫어했고, 그 이유가 따르던 누이를 팽가에 첩으로 보냈기 때문이란 것까지.

진유청이 학관에서 섞여 지내던 무리의 대장 격이었던 고두희는 나채환과 심하게 다투다 크게 다친 적이 있었고, 그래서 나채환을 엄청나게 싫어했었다.

고두희는 나채환의 암울한 가족사와 죽음에 대해 몇 번이나 되풀이하며 비웃었다.

……아무리 싫어했어도 고작 열셋의 나이에 죽은, 아직 어린아이였다. 비슷한 또래로 한두 살 차이 나는 녀석이 히죽거리며 할 말은 아니었다.

지금 생각하면 입이 쓰고 차마 얼굴을 들 수 없지만, 진유청 자신도 그땐 광견이라고 사방에 이를 드러내고 다니더니 꼴좋다며 두희에게 맞장구를 쳤었다.

머리가 복잡해져 잠이 오지 않은 진유청이 조용히 몸을 일으켜 침상에 널브러져 있는 이불들을 집어다 아이들에게 덮어 준다.

자고 있는 나채환을 물끄러미 내려다보는 진유청의 눈에 미안함이 감돈다.

녀석이 감추고 있는 상처를 자신은 알고 있다는 게…… 그게 나채환 본인의 의지가 아니란 것에 마음이 무겁다.

삼 년 후, 등 떠밀려 학관을 나서는 나채환을 자신은 막아서게 될까, 아니면 그냥 보내 줄까?

정한수는 화산파 높으신 어르신들만 문제지만…… 나채환 이 녀석은 다 문제다, 문제.

뭐 하나 조금이라도 괜찮은 곳이 없는 온통 상처투성이 강아지.

다가올 일들이 변하지 않게 하기 위해서 과거 삶을 그대로 답습할 생각은 없었지만, 그렇다고 현재에 큰 변화를 주어 상황을 예측하기 어려울 정도로 어긋나게 할 생각도 없었건만…….

"이미 늦었나."

그렇다, 벌써 늦은 거다.

그냥 자신이 개 주인으로 나서는 수밖엔.

"좋은 값에 사 줄 사람이 있으려나."

따뜻하게 안아 주고, 강아지를 망아지로, 그리고 좋은 밥을 먹여 하늘을 날 수 있는 천마로 만들어 줄 그런 사람.

어쩌면 상처가 많은 이 녀석들에겐 뛰어난 스승보단 상처를 보듬어 줄 좋은 여자가 필요할지도.

그럼 나 중매까지 서야 하는 거야?

아직 나도 여자가 없는데!

아니, 그것보다…… 얘넨 너무 어리잖아! 그때까지 개 주인인 내가 돌봐야 하는 건가…….

"이래서 그냥 혼자가 편하다고 한 거였는데!"

진유청이 머리를 양손으로 감싸고는 인상을 쓴 뒤 제자리로 가서 누웠다.

자기 침상이 아니라, 권오현의 배를 베고는.

"저, 저기……."

진유청의 귀에 흐릿한 소리가 들린다.

"응?"

진유청이 베고 누워 있는 권오현의 배가 크게 오르락내리락한다.

"너 깨어 있었어?"

"으응…… 아까 전부터."

권오현이 울먹이는 목소리로 대답한다.

"그럼 왜 계속 자는 척했어?"

진유청이 의아한 듯 묻자 권오현이 입술을 깨문다.

그럼 너 같으면 머리맡에서 강아지는 커서 뭐가 되지? 이딴 소리가 오고 가는 흉악하고 괴상한 순간에 눈을 번쩍 뜨고 '나 일어났어' 라고 말할 마음이 생기겠냐?

그냥 난 자고 있다, 자고 있다 생각하며 계속 엎어져 있는 게 낫지.

"아아…… 그렇군."

진유청이 고개를 끄덕인다.

자기를 이해해 주는 것 같은 진유청으로 인해 권오현의 마음이 조금 풀리려는 찰나.

"너도 몸이 약하구나. 때때로 위급한 상황만 되면 기절한 척하고 싶어지고 막 그러지?"

몸이 약한 것과 기절한 척하고 싶어지는 게 대체 무슨 상관인가 싶지만 어쨌건 권오현이 고개를 끄덕인다.

부스럭거리는 소리로 권오현이 긍정했다는 걸 알아챈 진유청이 말한다.

"내가 좋은 의원님 한 분 소개해 줄게. 그분이 지어 준 약을 먹으면 어떤 힘든 일이 닥쳐도 기절한 척하지 않고 정신을 바짝 차리고 이겨 낼 수 있게 해 주는 정신력을 갖게 돼.”

“그런 명약이 있어?”

권오현의 눈이 커진다.

새카만 밤이라 사물의 구분이 어렵긴 하지만 권오현의 마음에 이는 욕심이 눈에 불을 밝힌다.

“있다니까. 하남성에 아주 유명한 의원님이셔. 나도 몸이 좀 약해서 자주 기절한 척하고 그랬었는데 그분 덕에 완전히 나았지.”

어딘지 씹어뱉듯 말하는 모양새가 의아했지만 그래도 권오현은 이런 기회를 놓칠 수 없었다.

“부탁할게, 유청아.”

권오현이 진심을 담아 하는 말에 진유청이 시원하게 대답했다.

“걱정 말라고. 내가 꼭 구해다 줄 테니. 대신 다 먹어야 해, 한 방울도 남김없이.”

“알았어! 절대 남기지 않을게!”

권오현의 확답을 들은 진유청의 입꼬리가 삐죽 솟구쳤다.

찝찝했던 기분이 조금 풀리는 듯하여 진유청이 기분 좋게 잠을 청했다.

“그…… 그런데 유청아?”

권오현이 진유청을 부르지만 대답이 없다.

“계속 내 배를 베고 자면 어떻게 해…….”

이왕 일어났으면 다른 녀석들처럼 바닥에 눕던지, 아니면 침상에 올라가서 잘 것이지, 왜 내 배를 다시 베고 자는 건데…….

처음 진유청을 불렀던 게 머리 좀 치워 달라고 부탁하려 했었다는 게 그제야 떠오른 권오현은 모든 걸 포기하고 사지에 힘을 뺐다.

갑자기 몸을 빼내서 진유청의 머리가 바닥에 부딪치면 진유청은 둘째치고 저기 개 두 마리가 자신을 향해 사납게 짖어 댈 게 분명했다.

도망친 다른 녀석들과 다르게 친구도 없고 갈 곳도 없어 내내 오호실에 머물렀던 권오현은 상방 오호의 실세가 누군지 확실히 알고 있었으니까.

"흑……."

엄마 보고 싶다.

권오현은 집에 돌아가면 꼭 효도해야겠다고 다짐하고는 그 약을 먹으면 이 심약한 성격이 좀 고쳐지지 않을까 기대하며 잠이 들었다.

# 第四章

## 중급 검술 수업

고두희는 눈을 번뜩이며 진유청을 찾았다.

"대장, 저기 있다."

친구 녀석이 가리키는 곳으로 눈을 돌리니 진유청이 광견, 소견과 함께 걸어가고 있다.

"저놈은 혼자서 뭘 하는 법이 없네, 씨발."

고두희가 인상을 찡그린다.

하방의 남궁철민이 직접 '부탁' 씩이나 한 일인데 이렇게 진척이 없어서야…….

광견이나 소견 둘 중 한 명만 같이 있어도 어떻게 해 보겠는데 저 둘이 진짜 주인 꽁무니 쫓는 개새끼들처럼 따라다니니 손댈 도리가 없었다.

"처음 무양전에 혼자 다닐 때 달려들었어야 했는데."

수업도 안 듣는 놈이 뭐하러 가나 싶어 지켜보던 차에, 냄새라도 맡은 건지 광견과 소견이 따라붙기 시작했다.

"음? 저 녀석은 누구냐?"

고두희의 눈에 진유청의 뒤를 쭈뼛거리며 따라가는 낯선 얼굴이 들어왔다.

"오호에 혼자 남은 녀석인데, 누구였지? 이름은 모르겠는데?"

"그래?"

고두희가 권오현을 뚫어져라 바라봤다.

◐　　◐　　◐

"하노! 저 왔어요!"

진유청이 무양전 인근에 있는 하노의 처소에 들어선다.

방 한 칸짜리 작은 집 한 채에 손바닥만 한 마당이 있는 공간이 금세 아이들로 북적인다.

"공자님, 오셨습니까?"

하노가 불쑥 나타나 인사를 한다.

"헥!"

진유청이 과장스럽게 놀란 척한다.

"하노도 참…… 발소리도 안내고 '도둑' 처럼 그렇게 조용히 나타나시면 어쩝니까!”

진유청의 말에 움찔한 하노가 어색하게 기침을 한다.

“콜록, 콜록! 무, 무슨 그런 말씀을 하십니까, 공자님.”

“농담이에요, 농담.”

짓궂게 웃어 보인 진유청이 자연스레 마당에 있는 평상에 엉덩이를 붙인다.

“오늘은 새 친구도 같이 왔어요.”

“아, 그러십니까?”

하노의 눈이 권오현을 훑는다.

권오현은 어딘지 모르게 날카롭게 자신을 향하는 하노의 눈빛에 잠시 놀랐지만 이내 마음을 추스른다. 자신이 아무리 심약해도 학관의 잡일을 하는 노인네한테까지 밀릴 수는 없지 않나.

“반갑네.”

권오현의 말에 하노가 대답했다.

“어서 오십시오, 진 공자님의 친구분이시면 제게도 귀한 손님이시니 누추한 곳이라도 편히 계시다 가십시오.”

하노의 말에 권오현이 고맙다고 인사를 한 뒤 진유청의 옆자리에 앉는다.

“이런 데가 있었구나.”

권오현이 학관에 있었던 이 년 동안 무양전에 매일 드나들고, 청소를 하는 노인을 수차례 스쳐 지나갔지만 말을 나뉘 본 건 오늘이 처음이다.

무양전 인근에 이런 집이 있었다는 것도 몰랐었다.

"하노는 음식 솜씨가 무척 좋아. 조금만 기다리면 맛있는 걸 만들어 줄 거야."

그, 그거 먹겠다고 매일 여기 온 거야?

진유청이 무양전 인근을 자주 찾는 건 모르는 이가 없는데, 그 이유까지 아는 사람은 없었다.

진유청을 따라 몇 번 와 본 정한수와 나채환은 벌써 자리를 잡고 앉아 하노가 나올 부엌만 바라보고 있다.

권오현은 이 상황에서 자기가 뭐라고 말을 해 봤자 자기만 이상해질 거라 생각해서 그냥 입을 다물었다.

조금 지나자 향긋한 음식 냄새가 부엌에서부터 풍겨 나왔다.

권오현이 콧구멍을 벌름거린다.

냄새가 좋긴 하구나.

◐　◐　◐

권오현은 진유청과 어울리기 시작한 며칠 후부터 아이들이 자신을 보는 시선이 달라졌다는 걸 느꼈다.

어떤 아이들은 호기심으로, 또 어떤 아이들은 약간의 경멸을 담아 자신을 지켜본다.

심약한 권오현으로선 둘 다 부담스럽기 그지없었지만, 이제 방에서 편하게 쉬고 잘 수 있다는 사실로 스스로를 위안한다.

광견과 소견이 들리는 소문처럼 눈 돌아간 미친놈들은 아니란 걸 알았으니까.

그렇다고 나채환의 발길질이나, 웃으며 사람 속을 헤집는 정한수에게 적응했다는 건 절대 아니지만 말이다.

"거기! 무슨 생각을 하느라 검끝이 흔들리나!"

교두의 호통 소리가 들리자 권오현이 깜짝 놀라 검을 쥔 손에 힘을 줬다.

"검을 휘두를 때는 간결하게, 조금의 잡념도 없어야 한다! 조금이라도 망설이거나 저렇게 잡념에 빠져들면 평생 가도 깨달음의 경지에 닿을 수 없다."

"키킥!"

아이들의 웃음소리가 여기저기서 들려온다.

중급 검술은 상방 아이들이 가장 많이 듣는 수업이었다.

권오현의 얼굴이 새빨갛게 달아오른다.

권오현을 잠시 노려본 교두가 다른 쪽으로 가서 아이들의 자세를 교정해 주고, 중급 검술 초식에 대해 설명한다.

상급 검술 수업으로 올라가는 데는 자율적으로 참여하는 다른 수업과는 달리 중급 검술 교두의 추천이 필요하다.

너무 많은 수련생이 몰리기 때문에 선택한 임시방편이

규칙처럼 굳어진 것이다.

그러다 보니 교두에게 잘 보이려는 밑 공작이 치열했다.

그런 상황에선 경쟁자가 교두에게 찍혀 낙오되면 자신에게 직접적인 이득으로 돌아올 수도 있으니 어설프게 동정심을 갖거나 넘어져도 손을 내밀어 주는 수련생은 드물었다.

권오현도 다시 정신을 차리고 수업에 집중하려는데, 갑자기 누가 바짝 다가와 말을 걸었다.

"너, 진유청이랑 친해?"

"어엉?"

권오현이 바로 대답하지 못하자 고두희가 거칠게 말한다.

"씨발, 친하냐고!"

"치, 친한 건 아니고……."

이게 친해지려는 정노'?

고두희의 눈이 권오현을 위아래로 훑어본다.

"친하지도 않은데 왜 같이 다녀?"

이건 명백히 시비 거는 거란 걸 깨달은 권오현이 침을 꿀꺽 삼킨다.

그가 쥐고 있는 검이 파르르 떨렸다.

"멍청한 새끼, 좀 전에 교두가 정신 집중 하랬는데, 내가 말 좀 걸었다고 또 이러네? 오줌 안 지리는 게 다행이다, 응?"

"하하하!"

교두가 저편으로 간 사이 고두희 패거리가 원래 있던 아이들을 밀어내고 권오현을 앞뒤로 둥글게 둘러싼다.

"광견과 소견이 감싸고돈다고 그 새끼가 아주 기고만장해서는, 남궁 공자님께서 건드리지 말라고 하시지만 않았어도 진유청 그 새끼 내 손에 죽었어."

고두희가 히죽거리며 중얼거린다. 권오현에게도 똑똑히 들릴 만한 목소리이니 들으라고 하는 소리이리라.

"그 새끼한테 몸조심하라 그래."

"으응……."

권오현이 대답한다.

"하하하, 뭐 이런 게 다 있어. 지 친구한테 몸조심하라 그러라니까 알았다네?"

"원래 겁쟁이 새끼들이 다 그렇지, 뭐."

자기들끼리 찧고 까부는 게 시끄럽지만 정작 권오현이 신경 쓰는 건 교두님이 당장이라도 이쪽으로 오는 게 아닐까였다.

좀 전에 점수가 깎였을 텐데 더 이상 지적당하면 곤란하다.

"야!? 이 새끼가 대답을 안 해?"

교두가 어디 있는지 목을 빼고 두리번거리느라 고두희가 한 말을 듣지 못한 모양이다.

뻐억!

고두희가 내지른 발에 정통으로 옆구리를 맞은 권오현이
바닥으로 나뒹굴었다.

"거기 뭐야!"

교두가 짜증스럽다는 듯 소리치자 고두희가 대답했다.

"이 녀석이 검 휘두른다며 허우적대다 넘어졌습니다!"

천천히 다가온 교두가 좀 전에 자신이 잔소리를 했던 권
오현이 바닥에 누워 있자 차가운 어조로 말했다.

"이 정도도 제대로 못 할 거면 하급 검술 수업부터 다시
듣고 오는 게 좋겠군."

교두의 말이 청천벽력처럼 권오현의 귀에 울려 퍼졌다.

◐　　◐　　◐

"약 좀 줘……."

진유청이 밥을 먹다 말고 젓가락을 멈춘다.

"그 약, 니가 말한 약…… 빨리 구할 수 없을까?"

갑자기 급식소가 고요해지며 정적이 흐른다.

급식소에서 식사를 하던 아이들이 모두 동작이 멈춘 채
고개만 돌려 진유청과 권오현을 바라봤다.

"하하하! 애, 애가 무슨 소리를……."

아무리 진유청이라도 이런 때엔 당황한다.

"너도 먹고 효과 봤다며. 응? 유청아……."

권오현은 심각했다.

진유청이 말했던 정신력을 강하게 해 준다는 그 약이 권오현에겐 정말 절실했다.

스스로의 재능이 아주 뛰어나지 않단 건 알지만 그래도 이 심약한 성격만 고친다면 검을 수련함에 있어 크게 도움이 되리라.

적어도 고두희 같은 녀석의 으름장에 얼어붙어 별거 아닌 발길질에 바닥을 나뒹굴진 않아도 되겠지.

"유청이 너 약 먹었어?"

고기반찬을 집으면서 해맑은 얼굴로 웃으며 물어보는 정한수 녀석이 왜 이리 얄미운지.

"무슨 약인데?"

나채환이 먼저 물어 오는 경우는 참 드문데, 이 녀석도 갑작스러운 일에 놀라긴 한 모양이다.

"하남성에 유명한 의원님이 있는데, 몸이 약하거나 큰일이 닥쳤을 때 회피하여 기절해 버리고 싶은 심약한 마음을 다잡아 주는 그런 약을 예전에 지어 주신 적이 있으시거든."

"엥? 니가 왜 그런 약을 먹었는데?"

정한수가 고개를 갸웃거린다.

지금 진유청이 말한 것 중에 진유청 본인에게 해당되는 사항은 단 한 가지도 없어 보였기 때문이다.

"내가 어릴 땐 좀 그랬거든. 지금은 그 약 먹고 다 나았지만."

"호오!"

정한수의 눈이 동그래진다.

뭔가 대단한 약 같지 않은가!

"아, 그런 거였군."

나채환이 다행이라는 듯 하는 말에 진유청의 눈매가 추켜올라 갔다.

그리고 여기저기서 한숨 소리가 들려오더니 급식소 안에 다시 활기가 감돈다.

하여간 이것들이 아주 가지가지해요.

자신이 몇 살인데, 못된 약을 나도 먹고 친구한테도 권했을까 봐?

아무리 과거에 버러지처럼 살고, 술을 중독된 듯 처먹었어도 마약은 안 했다.

그때도 안 한 걸 지금 하겠냐!

이상한 분위기에 적응하지 못하고 어리둥절한 채 서 있는 권오현을 지그시 노려보던 진유청이 비어 있는 자리에 권오현을 앉혔다.

"갑자기 왜 그러는데? 하남에서 약을 지어 오려면 아는 분께 부탁을 해야 하니 좀 걸린단 말야."

"그게……"

권오현은 조금도 감추지 않고, 전혀 보태지 않고 중급 검술 시간에 있었던 일을 그대로 얘기했다.

자신이 뭐라고 담대하게 그런 일을 덮어 둔다던지 할 배짱은 권오현에게 없다.

다만 자신이 당한 부당함을 강조하고 감정에 호소하여 일을 크게 벌이지 않을 뿐.

"그랬구나."

권오현의 이야기를 진지하게 들은 진유청이 굳은 얼굴로 중얼거린다.

고두희, 널 피한다고 해결될 일은 아니었던 거구나.

어릴 때 함께 사고를 치며 못된 짓만 골라한, 지금에 와선 친구라고 하기도 뭐한 녀석.

무림학관에서 나와 집으로 돌아갔을 때, 자신을 꼬드겨 기루를 섭렵하고 도박에 빠져들게 했던 건 분명 마진호지만, 자신이 그렇게 쉽게 유혹에 지게 됐던 건 애초에 자신에게 그런 것들이 낯설지 않았기 때문이었을 거다.

그 밑바닥의 수렁을 만들어 준 게 바로 고두희다.

그래도 그는 학관에서 처음으로 자신에게 손을 내밀어 줬었다.

"친구야."

진유청이 권오현을 부른다.

권오현이 왜 그러냐는 얼굴로 진유청을 바라보자 진유청

이 자신이 들고 있던 젓가락을 건네줬다.

"밥부터 먹어라. 배를 채우는 게 가장 중요한 일이야."

뼈저린 경험담이 숨어 있는 얘기지만, 아이들은 피식 푸식 웃음을 터트린다.

"진짜라니까?"

진유청도 따라 웃으며 장난스럽게 말했다.

"그래, 많이 먹어라."

정한수가 제 밥그릇을 밀어주자 선뜻 밥그릇을 손으로 집어 들었던 진유청이 다시 내려놓는다.

반찬이면 몰라도 밥은 남이 먹던 것에 손이 안 간다. 먹을 것에 관한 안 좋은 기억이 떠올랐기 때문이다.

"난 새로 퍼다 먹을게."

진유청이 자리에서 일어나자 정한수가 입을 삐죽거렸다.

"내 밥이 더럽단 거지?"

"……응."

니가 아직 어려서 모르는 모양인데, 남의 침은 원래 다 더러운 거야.

난 아무리 천하절색 예쁜 아가씨라도 침 흘리면 싫어질 것 같다. 침 닦아 줘야 하는 건 정말이지 무진이 하나로 족하니까.

진유청은 새로 밥을 퍼다 맛있게 먹었다. 할 일이 많았으니까.

진유청은 학관에 온 이후 처음으로 수업을 듣기 위해 연무장으로 향했다.

사실 과거의 기억도 기억이지만, 불귀곡 비급에 적혀 있던 검술 초식을 잊지 않고 형님께 전하기 위해 매일 몸을 움직였던 것과 우화등선하기 위해 죽도록 초식 연마 했던 걸 떠올리면 진유청도 기본이 부족하진 않았다.

과거에도 그럭저럭 쓸 만한 무공을 익힐 정도는 됐으니 아예 재능이 없다고 하기도 어렵고, 그저 제 형인 진이현에 비해 너무 부족했을 뿐이다.

진유청의 옆으론 정한수와 나채환이 서 있었는데 그 둘도 중급 검술 수업은 들은 적이 없으니 수업이 어떻게 진행되는지 알 턱이 없다.

"주, 줄을 맞춰 서야 해."

설마 이렇게 떼거지로 몰려와 수업을 듣겠다고 할 줄은 몰랐는지라 권오현이 난감해하며 말한다.

셋이 권오현을 보호하듯 감싸며 줄을 맞춰 선다.

어디선가 따가운 시선을 보내오자 권오현이 주변을 살피다 고두희와 눈이 마주쳤다.

고두희는 뒤치다꺼리나 시키려고 끌고 다니는 거라 생각

했던 권오현을 위해 저 까다로운 녀석들이 모두 수업에 들
으러 나왔다는 게 놀라웠다.

경고하지 말고 그냥 뒤를 칠 걸 그랬나?

하지만 광견과 소견에 비하면 자기는 몰라도 자기 패거
리 녀석들은 너무 약했다.

"오현아, 쟤 맞아?"

멍하니 고두희에게서 시선을 떼지 못하는 권오현을 툭
치며 진유청이 묻자 그가 고개를 끄덕인다.

"배짱도 좋은 녀석이네."

혼잣말을 중얼거리는 정한수를 향해 진유청이 피식 웃으
며 말했다.

"쉭, 쉭! 가서 물어!"

"그래, 무…… 물어?"

가서 두들겨 패라는 것도 아니고, 물라고?

진유청의 장난에 정한수가 그의 뒤통수를 올려쳤다.

따악!

단단한 것과 손이 부딪친다.

"으아아……. 유청이 너…… 머리가, 머리가……."

이건 뭐 돌이야, 돌.

"그러게 왜 손 함부로 놀리고 그래. 자고로 사내는 손이
랑 아랫도리 단속을 잘해야 하는 법!"

그건 또 뭔 말이라니.

정한수가 질렸다는 듯 고개를 설레설레 흔들며 나채환에게 말했다.

"쟤랑 놀지 마, 쟤 이상해."

"너도 충분히 이상하니 괜찮다."

자신을 돌아보며 대답하는 나채환이 못마땅했던 정한수가 발로 그의 엉덩이를 차 버렸다.

아옹다옹 다툼이 일자 고두희는 금세 관심 저편으로 밀려난다.

"대장, 어떻게 해?"

무시당했다는 생각에 패거리들이 징징거리며 고두희에게 말한다.

이럴 때 기죽어서 가만히 쭈그리고 있다간 대장 자리를 지키고 있을 수 없다.

고두희가 입술에 침을 바르며 진유청에게 다가갔다.

"여어, 많이 찾아다녔는데 이렇게 만나네?"

고두희가 반갑다는 듯 한 손을 들어 올리지만 진유청은 팔짱을 낀 채 시큰둥한 어조로 대답했다.

"그럼 날 찾아오지, 왜 애꿎은 오현을 괴롭혀?"

"그냥 인사야, 인사."

얇은 입술을 비틀어 올리는 고두희는 야비해 보였다.

저렇게 어린 나이에 저런 얼굴을 할 수 있는 것도 쉬운 일은 아닐 거다.

"너네 인사는 그런 식이라면 나도 다음에 네 패거리를 통해 정식으로 인사를 하도록 할게."

"하하, 뭘 또 그렇게 얘기하고 그래. 같은 학관 수련생끼리 야박하게."

저 녀석은 자기가 뭐라고 얘기하는지 알고나 지껄이는 걸까.

모순된 말을 스스로를 정당화시키는 것으로 탈바꿈시켜 사용한다. 모든 걸 자기 자신한테 맞춰 생각하고 판단하는 사람이나 저럴 수 있지.

"됐다, 됐으니……. 남궁씨가 하도 많아 니가 어떤 남궁씨와 선이 닿아 있는지는 모르겠지만, 하여튼 전해라. 나한테 관심 끊으라고."

"후회힐 덴데?"

고두희가 눈을 희번덕거리며 말한다.

진유청이 어찌 알았는지는 모르겠지만 자신이 남궁 공자에게 부탁받은 게, '그를 건드리지 말라'가 아니라, '그를 괴롭혀 남궁 공자에게 도움을 청하게 만들어라'란 걸 눈치챈 이상 일이 조용히 해결되긴 그른 것이다.

"후회? 후회는 니가 조용히 안 찌그러지고 나한테 계속 엉기다가 며칠 후 니 방 천장을 보면서 '그때 그러지 말걸' 하고 내뱉는 게 후회고."

진유청이 고두희의 눈을 직시하며 말을 잇는다.

“내가 아니라 너, 고두희가 말이야.”

말싸움에서 질 진유청도 아니지만, 기세를 겨룸에 있어 주눅이 들리는 더더욱이나 없다.

둘 사이에 번개가 치는 듯했다.

“그냥 조용히 남궁 공자님께 가 보는 건 어때? 그분 덕을 본 건 사실이잖아?”

고두희가 마지막으로 권한다.

과정이야 어찌 됐건 간에 지금이라도 진유청이 하방으로 기어들어 가 남궁 공자님 앞에 무릎만 꿇으면 될 일.

그러면 저한테도 좋고, 고두희 자신한테도 좋고, 다 좋은 일인데 쓸데없는 자존심을 내세워 고개를 뻣뻣이 쳐들고 있느냐 이 말이다.

“당사자는 원한 적도 없는 도움을 베풀고는, 생색내고 싶어 안달하는 쪼잔한 녀석과는 상종하고 싶지 않아서 말이야.”

누구라고 직접적으로 지칭하진 않았으나 누가 들어도 남궁혁을 뜻하는 걸 알 수 있었다.

“남궁 공자님만 아니었어도 너는 지금 여기 멀쩡히 못 서 있었을 거다.”

고두희가 까드득 이를 갈며 하는 말에 진유청의 입꼬리가 삐죽 솟구친다.

오늘 들은 것 중 가장 웃긴 얘기였기 때문이다.

"입만 열면 남궁 공자 얘기뿐이네. 내세울 게 그것밖에 없냐?"

그러게 왜 내 앞에 나타났어, 이렇게 될 게 뻔한데.

그래도 난 네 앞에 나타나지 않으려 노력은 했단 말이다, 두희야.

대치하고 있는 둘 사이에서 풍겨 나오는 묵직한 분위기로 인해 연무장에 긴장감이 팽배할 때 중급 검술 수업을 맡고 있는 교두가 등장했다.

"뭐하는 거지?"

강일언 교두는 자신이 나타났음에도 술렁거리는 분위기가 다잡아지지 않자 미간을 찌푸렸다.

"넌 뭐지? 처음 보는 얼굴이군."

상 교누가 진유청을 향해 말하자 진유청이 한 걸음 앞으로 나와 인사를 했다.

"신입 수련생입니다."

"그렇군. 열심히 하도록."

"네."

진유청이 대답하며 고두희를 힐끔 바라봤다.

고두희는 여전히 분을 삭이지 못하고 진유청을 쏘아보고 있다.

"고두희, 왜 그러고 있나! 수업 시작한 걸 모르겠나? 내 수업 시간엔 그런 흐트러진 자세는 용납지 않는다!"

강 교두의 호통에 고두희가 입술을 잘근잘근 씹으며 자기 패거리가 있는 쪽으로 갔다.

"이제 어떻게 되는 거야?"

첨예하게 대립하는 진유청과 고두희로 인해 불안에 떨던 권오현이 진유청을 향해 소곤거린다.

"어떻게 되긴 뭐가 어떻게 돼. 싸우면 되지."

진유청이 고두희를 자극한 건 자신은 건드리면 건드릴수록 더 반발할 뿐이란 걸 확실히 보여 주기 위해서였다. 자신이 계속 숨으려고만 하면 고두희는 더욱 신이나 꼬챙이로 구멍 속을 쑤셔 댈 거다. 저 비열한 성격에 그러고도 남지.

"싸워?"

권오현의 안색이 하얗게 질린다.

"안 싸우고도 원하는 걸 얻을 수 있을 만큼 세상은 녹록하지 않아."

진유청이 진심으로 충고한다.

하지만 권오현은 황당할 수밖에 없었다.

"나는 아무것도 안 원하는데?"

이 모든 건 진유청으로 인해 벌어진 일이고, 자신은 그저 휘말렸을 뿐이지 않나.

권오현의 말에 진유청이 타당성을 느끼고는 고심하다 대답한다.

"우린 친구잖아."

진유청의 말에 권오현이 우물쭈물 입을 연다.

"아직…… 그 정도로 친하진…… 않은데?"

아, 이 치사한 자식!

진유청이 눈가를 씰룩이다 단 한 글자로 해결책을 내놨다.

"약."

"……너무해……!"

권오현이 울상을 짓는다.

"세상은 원래 더러운 거야."

권오현의 어깨를 두드려 주는 진유청의 얼굴에 한 줄기 만족감이 스쳐 지나갔다.

　　◐　　　　◐　　　　◐

강 교두는 시범을 한 번 보인 뒤 아이들이 따라 하는 동작을 확인한다.

그리고 확연히 드러날 정도로 실력이 출중한 아이를 발견하곤 깜짝 놀란다.

다가가서 확인한 아이는 바로 정한수였다.

"화산파 출신이라고 하더니, 역시……."

검술 수업은 내공을 운용하지 않고 진행하니 다른 아이들과 같은 조건일 게 분명한데도 이 정도로 차이가 날 수 있다니. 정한수는 많은 아이들 중 단연 돋보였다.

“흐음, 저 녀석도 쓸 만하군.”

칭찬에 인색한 강 교두가 나채환을 뚫어져라 바라본다.

“너는 상급 검술 수업을 들어도 되겠구나.”

강 교두의 말에 주변에 있던 아이들의 눈이 나채환을 향한다.

나채환은 별다른 감정을 드러내지 않고 묵묵히 검에 신경을 썼다.

몰입하는 자세 또한 마음에 드는 게 근엄한 강 교두의 얼굴에 흐릿한 미소가 지어진다.

아이들이 서로 눈짓을 했다.

그 눈짓 안엔 과연 광견이다, 란 뜻이 내재되어 있으리라.

수련하는 모습을 본 적이 없는 데도 단번에 저 엄격한 교두님의 시선을 붙잡지 않았는가.

자질만으로 보면 상방에서 첫손가락에 꼽을 수 있을 거다.

강 교두는 나채환을 꼼꼼히 살핀 뒤 오늘 새로 온 신입 수련생이 어떻게 검을 휘두르는지 확인하려 진유청을 봤다.

“음?”

슈우악!

맑은소리가 들린다.

강 교두는 의아했다.

분명 검이 깨끗하고 완벽하게 움직이는 건 정한수요, 자질이 넘쳐 눈을 잡아끄는 건 나채환이다.

신입 수련생의 검은 너무 평범했다.

저와 비슷한 실력을 가진 아이를 꼽으라면 중급 검술 수업을 듣는 아이들 모두가 스쳐 지나갈 정도로.

그런데 왜 그냥 지나치지 못하는 걸까?

쉬익!

진유청의 손이 하늘에서 땅으로 이어지다 바깥쪽으로 꺾였다.

"자연스럽군."

그래, 너무 자연스럽다. 그렇기에 평이해 보이는 거다.

강 교두가 자신의 앞에 멈춰 서서 가지 않자 진유청의 이마에선 식은땀이 삐질 흘러내렸다.

왜 저러지?

난 그냥 기억나는 대로 대충 휘두르고 있는 건데?

중급 검술 수업이라면 과거에도 들었던 적이 있다. 자연 몇 년 동안 몸에 배도록 익혔던 초식이니 익숙하지 않을 리가 없다.

그게 실수인가? 너무 익숙하다는 것.

결국 진유청이 비장의 한 수를 쓰기로 한다.

검을 휘두름과 동시에 바닥에 발을 내지르며 한 발을 꼬아 회전하는 것.

파닥파닥!

팔을 허우적거리는 것도 잊어버리지 않은 다음.

쿠웅!

진유청이 연무장 바닥에 나동그라졌다.

강 교두가 진유청을 물끄러미 내려다본다.

"넘어지는 동작만 어색하구나."

젠장! 아버지한테는 통했었는데!

진유청이 속으로 투덜거린다.

강 교두는 교두가 된 이후 십 년이 넘게 중급 검술 수업을 맡았다.

강일언 자신보다 고수는 하늘에 별처럼 많겠지만 중급 검술 수업에 관련된 검술 초식에 대해 그 자신보다 더 잘 아는 사람은 천지에 없을 것이다.

그는 검 휘두르는 소리만 들어도 이것이 중급 검술 초식의 어느 부분인지 맞출 수 있을 정도였다.

그러니 검을 휘두르다 말고 전혀 발을 구를 데가 아닌 곳에서 발을 내지른 뒤 억지로 넘어지는 걸 모를 리가 없다.

진유청이 억지로 넘어진 거란 건 상상도 못 하고 그저 아들이 다친 게 아닌가부터 걱정하는 진호철과는 당연히 비교가 안 됐다.

강 교두가 진유청의 눈을 직시하다 다른 곳으로 이동한다.

수업은 다른 때보다 무거운 분위기로 이어졌다.

◐　　◐　　◐

수업이 끝나고 강 교두가 연무장에서 사라지자 정한수가
진유청의 어깨를 두드린다.

"검이 꽤나 익숙하던데?"

만날 맨손으로 달려들고 하다 하다 안 되면 물어뜯기를
주저하지 않는 진유청치고는 검 휘두르는 게 제법이었다.

"못 한다고 한 적은 없어. 나 약하지 않아. 다만 누굴 이
길 만큼 강하지도 않을 뿐이지."

진유청이 씨익 웃으며 말했다.

"고두희가 이쪽을 본다."

나채환이 불쑥 끼어들었다.

"어쩔래? 한판 붙을까?"

정한수가 묻는다. 그는 중급 검술 수련으로 가볍게 몸을
풀어 힘이 넘치는 모양이었다.

이 둘만 있으면 자신이 뭘 해도 남의눈에 크게 부각되지
않아서 참 좋다.

게다가 자신보다 훨씬 무식하게 달려드는 모습이 참 바
람직하다고나 할까.

"저 녀석이 달려들면."

진유청이 대답했다.

고두희는 멀찍이 서서 그런 셋을 노려보고 있었다.

그의 옆에서 패거리들이 고두희를 말리기 위해 안간힘을

쓴다.

"대장, 참아. 연무장에 하방 수련생들도 아직 남아 있고……. 다음 수업 때문에 다른 교두님들도 곧 올 텐데……."

고두희가 봐도 여긴 별로였다.

"진유청 니가 똥간까지도 광견, 소견과 함께 들어가는지 어디 보자."

고두희가 음산하게 중얼거린 뒤 진유청에게서 몸을 돌렸다.

"휴우, 그냥 가는구나."

권오현이 가슴을 쓸어내린다.

"좋아?"

"응."

권오현의 솔직한 대답에 진유청이 혀를 찼다.

"차라리 여기서 한판 붙었으면 몰라, 앞으로는 똥간도 혼자 가기 힘들 텐데 좋기는 뭐가 좋냐."

고두희에 대해 너무나 잘 아는 진유청이었다.

"똥간은 왜?"

아무것도 모른다는 듯한 얼굴로 되묻는 권오현에게 뭔가 얘기하려 했던 진유청이 말문을 닫는다.

안 그래도 겁 많은 권오현이 그런 얘기를 들으면 분명 똥간도 제대로 가지 못하고 끙끙대리라.

"하여간 이제 똥간도 혼자 가지 마라."

"그럼?"

"음…… 저기 한수랑 같이 가."

자기가 하기는 귀찮았던 진유청이 정한수에게 일을 미뤄 놓는다. 그리고는 정한수가 뭐라 반박하기 전에 후다닥 연무장을 나선다.

목표를 잃은 정한수가 생긋 눈가를 휘며 권오현에게 말했다.

"일 보러 가는 정도는 혼자서도 할 수 있겠지? 우리도 다 컸잖아."

내가 같이 가자고 한 거 아니거든?

하나 눈을 번뜩이는 소견의 불편한 심기를 건드리기엔 권오현은 너무 심약했다.

"그럼. 혼자서도 잘할 나이지!"

그게 고개를 끄넉이며 맞장구친 권오현이 진유청이 사라진 곳을 원망스러운 눈초리로 바라봤다.

# 第五章

## 암류

“하하하, 금오상단에서 소림과 돈독한 관계를 유지하고 있단 걸 모르는 이 누가 있겠나? 다만 단리 상단주가 좀 더 시야를 넓혀 천하 무림에 소림만 있는 건 아니란 걸 알아주었으면 하는 게지.”

화산파 대장로의 말에 단리종이 어색한 웃음을 짓는다.

“제가 어찌 그걸 모르겠습니까.”

“안다면 됐네. 내 단리 상단주의 말을 잊지 않겠네.”

화산파 대장로는 그 이후로도 화산파에서 진행하고 있는 몇 가지 사업에 대해 이야기하며 단리종의 도움을 구했다.

단리종은 웃는 낯으로 그의 이야기를 들었으나 속은 불편하기 짝이 없었다.

화산파 대장로의 이야기는 단리종이 ‘확실한 도움을 주겠다는 약속을 할 순 없지만, 훗날 다시 한 번 이야기해 볼 기회를 갖자’며 한발 물러난 뒤에야 끝이 났다.

“화산만이 아니라 맹의 다른 문파들도 단리 상단주에게 기별을 넣어 따로 만남을 가졌다는 걸 알고 있네.”

“그것은 금오상단 내부의 일입니다.”

단리종이 선을 긋는다.

상단을 운영함에 있어 무림 문파의 눈치를 살피지 않을 순 없지만, 그렇다고 하여 속을 모두 내어 주면 결국 잡아먹힐 뿐이란 걸 단리종이 모를 리 없다.

“크흠!”

대장로가 눈썹을 꿈틀거리며 불쾌한 심정을 감추지 않고 드러낸다.

“내가 금오상단 내부의 일에 간섭하려는 거라 생각하셨다면 참으로 섭섭하네! 단리 상단주와 내가 자주는 아니어도 얼굴을 맞대고 술잔을 나눈 게 몇 번인데 어찌 나를 그리 모르나.”

단리종은 그가 어떤 사람인지 알기에 조심하는 거다.

화산파 대장로는 전대 장문인의 사형으로 현 장문인인 소운찬이 전적으로 믿고 따르는 화산의 실세였다.

그리고 대장로는 그가 갖고 있는 힘을 강압적으로 휘둘러 원성이 자자했다.

화산의 재정은 살쪘으나 화산 인근에 자리 잡고 있던 상단이나 표국 들은 가세가 기울거나 무너진 곳이 적지 않았기 때문이다.

단리종이 굳은 표정으로 아무 말도 하지 않자 대장로가 먼저 한발 물러난다.

"나는 금오상단을 걱정해서 한 말인데, 단리 상단주가 내 의도를 곡해하여 받아들이니 그만 역정이 났다네. 이해해 주게."

일부러 냄새를 풍기는 대장로의 말을 단리종이 받는다.

"아닙니다. 제가 너무 과하게 반응했습니다. 금오상단이 무림맹과 거래를 한 지 벌써 오랜 시간이 지났는 데도 이번처럼 많은 분들께서 저를 부르신 적이 없어 당황하였나 봅니다."

"내 이해하네. 그러니 상단주도 내 실수를 너그러이 눈감아 주게나."

"실수라니요. 그리 말씀해 주시니 오히려 속이 좁았던 제가 더 민망해집니다."

듣기 좋은 말이 이만큼 오갔으면 됐다.

"다음엔 제가 좋은 술을 들고 화산으로 찾아뵙겠습니다."

단리종이 작별 인사를 남기는 듯하자 대장로가 눈살을 찌푸렸다.

냄새만 풍기고 한 발을 빼는 척하여 단리종을 애타게 만들려 했건만 반대로 자신이 걸려든 것이다.

"이렇게 그냥 가실 참인가?"

"무슨 하실 말씀이라도……."

단리종이 대장로의 눈을 직시한다.

애초에 저 화산파의 능구렁이가 원하는 게 없었다면 그런 말을 꺼내지도 않았을 거다.

금오상단을 위해서 하는 말이란 걸 믿을 만큼 단리종은 바보가 아니다. 무림 못지않게 험한 상계에서 금오상단을 우뚝 서게 한 사람이 아니던가.

"역시 단리 상단주에겐 이기지 못하겠네. 내 두 손, 두 발 다 들었다네, 허허."

웃음을 터트린 대장로가 단리종에게 은근한 어조로 말을 이었다.

"단리 상단주는 무림맹에 선이 닿는 상단이 몇 개나 있는지 알고 있나?"

"크게 보면 우리 금오상단을 포함하여 세 곳 정도 되겠지만, 각 문파나 세가마다 독자적인 상단을 운용하고 있는 곳이 많으니 그 수를 다 헤아리기란 쉽지 않을 것 같습니다."

"그렇네. 그런데 이번에 갑자기 이름도 없던 상단 하나가 각 문파와 세가에 접촉을 시도했다네."

“그런 경우가 아예 없지는 않지 않습니까?”

빈 수레지만 패기와 열정을 가진 젊은 상인이나, 혹은 갑자기 큰돈이 생겨 모험을 해 보고 싶은 노련한 상인까지 덤벼들곤 했다.

“그렇긴 하지.”

대장로도 그 사실은 인정했다.

“하지만 이번 경우는 좀 다르다네. 규모가 금오상단에 필적하니 말이네.”

“이름도 없던 상단이 갑자기 나타났는데, 그 규모가 금오상단 정도란 말씀이십니까?”

“그렇다네.”

단리종이 의아함을 감추지 못한다.

“어찌 그럴 수가. 혹시……?”

“역시 단리 상단주는 눈치가 빠르군.”

이렇게 갑자기 등장했는 데도 충분한 준비가 돼 있다면 황궁과 연이 닿은 거라고밖엔 생각할 수 없다.

무림맹에 속한 거대 문파나 세가 중에서도 자체적으로 상단을 운용하는 곳이 있긴 하지만, 규모로 따지면 금오상단의 반도 되지 않는다. 그런 상황에서 비슷한 규모의 상단을 따로 만드는 건 역부족이었다.

“처음엔 혈사방과 연관이 있는 건 아닐까도 고심해 봤지만, 조사 결과 황궁이 확실하다 판명됐다네.”

"황궁에서 상단을 만들었다는 것도 이상하지만, 그들이 왜 무림 문파와 손을 잡으려 하는 걸까요."

"그런 나도 모르네. 다만 추측하건데 호전적이고 무를 숭상하는 황제 폐하께서 당신 손에 잡히지 않는 무림 문파에 어떤 영향력을 가지려 무리수를 두시는 게 아닐까 싶네."

가능한 얘기다.

현 황제 주찬성은 강한 힘을 가진 무림인들에 대해 경계하면서도 그들이 가진 무공과 세력에 대해선 욕심을 부렸다.

금오상단도 정계에 선을 대고 있는 곳이 있어 아예 금시초문인 정보는 아니었다.

"왜 제게 이런 얘기를 해 주시는 겁니까."

단리종이 진지하게 묻자 대장로가 입을 연다.

"그런 건 어차피 먹으면 탈 나는 덜 익은 과일이네. 누군가는 당장 배가 고프니 일단 먹고 보겠다 달려들고, 다른 누군가는 과일이 익기를 기다렸다 따먹겠다 얘기하겠지."

대장로의 목소리가 한층 낮아진다.

"전자는 멍청하여 아픈 배를 부여잡고 바닥을 구를 테고, 후자는 언제 익을지도 모를 과일을 기다리느라 허송세월을 보내겠지. 하지만 우리 화산은 전자도 후자도 선택하지 않을 거라네."

“……잘 익어 당장이라도 따먹을 수 있는 다른 과일을
찾으시겠지요?”

“하하하, 맞네, 맞아.”

대장로가 대소를 터트린다.

“하지만 화산 말고도 잘 익은 다른 과일을 찾는 문파와
세가 들이 더 있지 않겠습니까?”

단리종이 대장로의 속을 떠본다.

실제로도 금오상단을 찾아온 이들이 적지 않았고.

“흥! 그들이 자네에게 이런 속 얘기까지 전해 주던가?
새로운 상단에서 파격적인 조건을 제안하니 덜 익은 걸 알
면서도 버리지 못하고 제 꿍꿍이를 감춘 채 금오상단과 저
울질했겠지. 아니 그런가?”

“그랬습니다.”

사실이다.

“덜 익은 과일과 익은 과일 사이에서 고민한다는 게 말
이 되나? 그거야말로 아까 얘기했던 두 가지 경우보다 더
멍청한 짓 아닌가. 거대 문파나 세가를 이끄는 이들이 어찌
그 정도 판단력과 결단력도 없을 수가 있는지……. 쯧.”

못마땅한 듯 혀를 차는 대장로의 말에 일리가 있었다.

단리종은 화산파 대장로가 자신이 알았던 것보다 훨씬
대단한 사람이란 걸 깨닫는다.

화산파 대장로는 자기 말에 다른 사람이 동의하게 하고,

결국 자기와 같은 선택을 하게 만드는 화술을 가졌다.

"우리 화산은 감추지 않네. 모두 터놓고 보여 주지. 금오상단이 소림과 밀접한 관계가 있다는 걸 알지만 우리는 과감하게 자네를 택했네. 소림과의 인연이 깊어 매정하게 굴기 어렵다면 우리 화산은 소림과 함께 금오상단의 손을 잡을 용의도 있네."

호기롭게 말하지만 사실 화산으로서도 어쩔 수 없는 선택이었으리라.

설익은 과일은 먹기 싫고, 익은 과일 세 개 중 금오상단을 제외한 나머지 두 개는 속이 썩어 있었기 때문이다.

그나마 하나는 반만 썩었지만 다른 하나는 완전히 곯아 있다.

그러니 모르면 몰라도 그 사실을 아는 이상 단단하고 향이 좋은 금오상단에 손을 뻗을 수밖에.

여기서 우스운 건 덜 익었든 잘 익었든 간에 둘 다 자신의 것이 아니니 아무것도 먹지 않는다, 란 당연한 대답을 하는 이가 없다는 거였다.

단, 세 곳을 제외하면.

나머지는 누군가 자기보다 더 좋고 맛있는 걸 먹을지도 모른다는 생각에 무작정 손을 뻗고 있었다.

답답한 마음과는 달리 단리종은 대장로를 향해 부드럽게 인사를 했다.

“금오상단을 그렇게까지 생각해 주시다니 감사합니다.”

대장로의 안색이 환해지다 곧 이어지는 단리종의 말에 눈빛이 차갑게 식는다.

“하지만 저 혼자 결정할 수 있는 문제는 아닌 데다, 금오상단만이 아닌 상계 전체에 파장을 미칠 게 분명하니 심사숙고해야 할 것 같습니다.”

“흠, 그렇겠지.”

“아까 얘기하셨던 사업에 대한 계획서와 함께 제 아들이자 총관을 보내도록 하겠습니다.”

대장로가 억지로 안색을 편다.

단리종이 당장 거절한 것도 아니고 저만큼 신경을 써서 일을 처리하겠다고 하는 데에야 토를 달기 어렵다.

“알았네. 그리하도록 하게.”

“네.”

묵직하게 내려앉았던 긴장이 완화되자 대장로가 문득 떠올랐다는 듯 말한다.

“금오상단의 총관 얘기를 들으니 문득 떠오르는데, 자네에게 손녀가 한 명 있지 않나?”

“혜아라고 열두 살짜리 계집아이 하나가 있습니다.”

대장로가 상체를 단리종 쪽으로 기울이며 관심을 표한다.

“여아 나이 열둘이면 슬슬 정혼 상대를 물색해야 할 텐데, 내가 중매를 서도 좋겠군그래.”

속이 빤히 들여다보이는 말을 모르는 척, 아무렇지도 않
게 말하는 게 바로 고단수다.

"아이가 너무 어려서 아직 생각해 본 적이 없습니다."

"허어, 열둘이 어리다니. 게다가 당장 혼인을 하라는 게
아니라 일단 약속만 해 놓고 아이들끼리 감정을 쌓게 한 뒤
좀 더 시간이 흘렀을 때 자연스럽게 날짜를 잡으면 될 일."

이렇게는 말이 끝나지 않을 것 같아 단리종이 단호하게
거절한다.

"죄송합니다."

"허어, 이렇게 꽉 막힌 사람을 보았나. 이리 융통성이
없어서 어떻게 금오상단 같은 대상단을 꾸려 나갈 수 있었
나."

나른 선 놀라도 소림과는 정략혼을 할 수 없으니, 화산으
로서는 단리종의 손녀야말로 자신들에게 유리한 패였다.

그렇다 보니 아쉬움이 짙게 남아 포기하기가 어려웠다.

"혹시 자네가 무림학관까지 데려다 준 아이와 연관이 있
는 건 아니겠지?"

그냥 같이 온 것도 아니고 상단주의 마차에 동승하였고
단리석 총관이 학관에 입관 신청을 할 때까지 함께 있었다
들었다.

처음엔 그냥 부탁을 받아 그랬던 거라 얘기를 들어 별생
각하지 않았지만 정략혼을 거절당한 불쾌한 마음에 이것저

것 이유를 찾다 보니 의혹이 생긴다.

단리종이 최대한 아무렇지도 않게, 자신이 상인으로서 가진 두 개의 얼굴을 십분 발휘하여 대답했다.

"그럴 리가 있겠습니까."

"그 아이의 형이 소림에서 탐을 냈던 인재이고, 이례적으로 무림학관에서 초대를 하여 잠시 머물렀던 녀석이 맞나?"

이현이 얘기다.

역시 이들은 모르는 게 아니다. 알지만 중요하지 않다 생각하는 건 기억 밑바닥에 가라앉혀 뒀다 필요할 때 떠올린다.

"맞습니다. 저와 동행했던 아이는 유청이라 하고, 그 형 되는 이는 이현이라 합니다."

"자네 가문과 친한가?"

이럴 땐 전혀 상관없다는 듯 얘기해 봤자 오히려 의심만 사는 법.

"그 아비와 친분이 좀 있습니다. 이현이가 처음 소림에 들었던 게 바로 금오상단에서의 모임이었고, 둘째인 유청이 또한 심성이 맑고 착한 덕에 그 모임에서 소림과 연이 닿을 뻔했지만…… 잘되지 않았습니다."

단리종은 필요 이상으로 자세히 얘기했다.

"둘 다 소림과 인연이 깊나 보군."

화산 대장로가 마음에 들지 않는다는 투로 말한다.

"그렇게 말하기도 애매한 것이…… 인연이 닿을 뻔했으나 잘된 게 없는 치라……. 안타깝게도 두 녀석 다 진가장의 힘만으로도 뭐든 할 수 있을 거라며 소림의 뜻을 거절했으니……. 제 아비가 속을 많이 끓였습니다."

지금껏 떠들어 댔던 건 바로 이 얘기를 하기 위해서였다.

그리고 과연, 효과가 있었다.

"하하하! 아직 세상 무서운 걸 모르는 녀석들이군."

"그렇지요. 그래도 진가장 사람들은 다 인정이 많고 마음이 넓어 친구가 많습니다."

"그런 것 같더군."

대장로의 대답에 단리종의 등줄기로 식은땀이 흐른다.

한마디라도 다른 대답을 했디면 사달이 일어났으리라.

화산에서 아무 결정도 나지 않았는데 섣불리 자신과 금오상단을 건드리지야 않겠지만 당장 유청이가 무림학관에 있었다.

"하남성 내의 분위기가 타 지역과는 사뭇 다르다는 얘기는 들은 적이 있네. 하지만 우물 안 개구리 같은 녀석들을 신경 쓰기엔 당장 눈앞에 산재해 있는 문제가 너무 많지."

얄팍한 친분 따위로 목숨을 대신 걸어 줄 이는 세상에 아무도 없다.

웃는 얼굴이 좋은 건, 상대방의 마음을 무겁게 하지 않고 결국 빈틈을 이끌어 낼 수 있기 때문이다.

"바쁠 텐데 이만 나가 보게나. 내가 시간을 너무 많이 뺏었군."

단리종이 고개를 젓는다.

"아닙니다. 좋은 시간이었습니다. 그럼 이만 물러가겠습니다."

단리종이 밖으로 나가자 대장로가 웃는 낯을 지우며 무심한 표정으로 중얼거렸다.

"금오상단을 포섭하는 게 생각보다 어렵겠군."

대장로가 천천히 자리에서 일어났다.

◑　　◑　　◑

단리석은 무림맹에서 배정해 준 거처에서 화산파 대장로를 만나러 간 아버지를 기다리고 있었다.

다른 때였다면 자신이 동행하여 모셨을 텐데, 대장로가 특별히 상단주 혼자 오길 청하여 어쩔 수 없었다.

끼이익!

문이 열리는 소리와 함께 피곤에 지친 단리종의 얼굴이 보인다.

"아버님!"

단리석이 놀라서 다가갔다.

땀으로 온몸이 푹 젖은 단리종은 아들의 팔에 기대어 침
상으로 가 몸을 기댔다.

"무슨 일이십니까?"

단리석의 걱정 어린 목소리에 단리종이 한 손을 들었다.

"조용해라. 네 목소리 때문에 머리가 더 울리는구나."

단리석이 한발 물러나자 단리종은 침상에 기댄 채 상념
에 잠겼다.

그는 복잡한 머릿속을 정리한 뒤 아들이 가져온 물로 마
른 입술을 축였다.

"이번 무림맹 행에선 정말 일이 많았구나. 유청이에게
돌아가기 전에 들르겠다고 했으니 기다릴 텐데……."

항상 정정했던 아버지가 갑자기 지친 얼굴을 하자 걱정
이 된 단리석이 묻는다.

"괜찮으십니까?"

"이리 앉아라. 너도 알아야 할 이야기이니."

단리종이 아들에게 나직한 어조로 말했다.

그리고 두 부자는 밤이 새도록 심각한 얼굴로 대화를 나
눴다.

◐　　　◐　　　◐

"끄응……."

권오현이 앓는 소리를 내자 정한수의 낯빛이 어두워진다.

"괜찮아?"

정한수가 묻지만 대답은 들려오지 않고, 대신 좀 전에 들었던 것과 같은 신음 소리만이 울려 퍼졌다.

"끄으응……."

"그러게 똥간 갈 때 같이 가 주라고 했잖아."

진유청이 핀잔을 주자 정한수가 입꼬리를 씰룩인다.

"니가 좀 같이 가 주지 그랬어."

"말했으면 같이 가 줬지. 말도 안 하고 가는데, 내가 재의 배변 생활까지 어떻게 알아."

진유청은 당당했다.

그러면 뒷간에 같이 가라고 한 게 고두희 패거리한테 두들겨 맞지 않게 보호해 주기 위해서라고 라도 말을 해 줬어야지!

정한수가 씩씩거리면서 콧김을 내뿜지만 진유청이 그다지 알아주는 것 같진 않았다.

"끄으으응……."

침상에 누워 있는 권오현이 몸을 뒤척이며 다시 잇새로 끙끙거리는 소리를 뱉자 진유청이 손바닥으로 권오현의 이마를 찰싹 내리쳤다.

"아얏!"

권오현이 두 손으로 시뻘겋게 부어오른 이마에 댄다.

“왜 때리는데?”

권오현이 항의하자 진유청이 대답했다.

“니가 개새끼도 아니고, 왜 그렇게 낑낑거려. 개 두 마리랑 어울리다 보니 너도 개가 되기로 한 거냐?”

진유청의 윽박지름에 권오현이 어깨를 들썩이며 끅끅거린다.

맞아서 아픈 것도 서러운데, 구박까지 당하고. 일부러 들으라는 듯 좀 꿍꿍거렸기로서니 이렇게 쥐어박다니.

그리고 가장 중요한 건 자신은 정한수에게 들으라고 그런 게 아니다.

바로 진유청, 너 들으라고 그런 거야!

나름대로 권오현의 소심한 복수였건만 전혀 먹히지 않은 것이다.

“아, 고두희…… 이 자식을 어떻게 해야 하나.”

진유청이 건너편 침상에 걸터앉아 중얼거린다.

그런 놈이란 것도 알고, 그런 전적이 있었던 것도 알지만……. 그건 똥간에 오는 녀석을 기다렸다 일을 치른 거다.

아무리 그래도 그렇지, 어떻게 진짜 똥간에서 일 보는 녀석을 두들겨 패냐.

거기다 고두희 놈은 악랄하게도 소문까지 퍼트렸다.

덕분에 권오현은 엉덩이 깐 채 얻어맞고 기절한 약골로

상방에서 웃음거리가 됐다.

"나 이러고는 못 살아…… 학관도 그만두고, 그냥 집에 갈래…… 흑……."

사실 진유청은 무진장 미안했다.

그냥 같은 방을 쓴다는 사실 하나만으로 얽히고설켜 권오현이 이런 더러운 꼴까지 보게 된 게 아닌가.

좀 더 신경 썼어야 했는데, 잠깐 한눈을 판 사이 이렇게 되다니.

"쯧."

진유청이 혀를 차며 인상을 구긴다.

"으아아앙!"

훌쩍이다 보니 점점 더 서러워져 결국 큰소리로 울어 버리는 권오현에게 다가간 진유청이 이불을 끌어올려 머리끝까지 덮어 줬다.

"고두희가 있던 숙소가 십이호였지?"

누구에게 물어볼 것도 없다. 나채환과 같은 방에 있기 싫어서 수업이 없을 땐 대부분의 시간을 보냈던 곳이니까.

"여기군."

진유청이 조금도 망설이지 않고 방문을 거칠게 열었다.

방 안엔 두세 명의 아이들이 깜짝 놀란 얼굴로 진유청을 바라보고 있다.

"무, 무슨 일이야?"

한 아이가 용기를 내어 진유청에게 말을 건다.

"고두희 어디 있냐?"

"두희 없는데. 아침에 수업 들으러 갈 때 보고 못 봤어."

아이 하나가 쭈뼛거리며 하는 말에 진유청이 눈을 가늘게 뜬다.

"정말이야……."

고두희도 무섭지만 당장 자신들의 앞에서 눈을 세모꼴로 치뜨고 있는 진유청도 만만치 않았다.

"너네 혹시 들었어?"

"뭘?"

"뒷간에서 일 보다 말고 엉덩이 깐 채로 두들겨 맞은 애 얘기."

"으응……."

아이들이 고개를 끄덕이자 진유청이 히죽거리며 말했다.

"웃기지? 맞아도 어쩜 그렇게 더럽게 얻어맞냐, 그치?"

아이들이 서로 눈치를 보며 분위기를 파악하기 위해 애쓴다.

"안 웃겨?"

진유청이 미간을 찌푸리자 아이들이 너도나도 고개를 끄

덕인다.

"웃겨!"

"그, 그러게. 진짜 웃긴다……."

아이들의 말을 가만히 듣고 있던 진유청이 웃음기를 싹 지우며 중얼거렸다.

"그 녀석이 내 친구야."

"히익!"

아이들은 분명 그런 일을 당한 사람이 있다는 얘긴 들었다. 하지만 그게 누구인지 이름은 기억하지 못한다.

자연 진유청의 친구란 것도 알 도리가 없었다.

"그래서 나 엄청 열 받았어. 고두희를 보면 똥통에 집어 처넣고 못 빠져나오게 작대기로 쑤셔 대도 이 화가 풀리지 않을 것 같아."

진심이다.

"그러니까 그 자식한테 오호로 와서 내 친구한테 사과하라고 전해. 그게 싫으면…… 그날 얘기했던 후회의 아침이 바로 내일 찾아올 거라고."

진유청이 그 말을 끝으로 십이호를 나섰다.

◐　　　◐　　　◐

그날 밤, 진유청은 자정이 될 때까지 기다렸다.

달이 휘영청 밝은 빛을 뿌리며 어둠을 감싸 안고 모두가
고요히 잠든다.

부스럭!

진유청이 이불을 걷고 몸을 일으키자 나채환의 목소리가
들린다.

"어디 가?"

"응. 금방 올 거야."

"같이 가자."

이번엔 정한수다.

"똥간 가는 거다."

진유청이 대충 얼버무리자 권오현이 벌떡 일어났다.

"나도 갈래. 이제 혼자선 무서워서 못 가겠어…….
흑……."

오래 참았나 보다. 권오현의 말끝에 흐릿하게 신음이 들
어가는 걸로 봐선.

"……그냥 참아."

"흐으으윽!"

권오현이 또 운다.

"야, 진유청! 뒷간 좀 같이 가 주는 게 뭐 어때서 싫대!
어차피 너도 싸러 간다면서, 그게 귀찮으냐!"

정한수가 언성을 높인다.

"알았어, 알았으니까……."

"유청이 너, 고두희한테 가려고 그러는구나."
눈치 빠른 정한수가 단번에 짚어 낸다.
"나도 간다."
나채환이 침상에서 내려온다.
"고두희라……. 그래, 다 같이 가자."
정한수가 방긋거리며 금세 기분을 바꾼다.
"그래, 마음대로들 하세요."
진유청이 고개를 설레설레 흔들며 방문을 열었다.
혼자 남은 권오현이 기어들어 가는 목소리로 중얼거렸다.
"고두희보다 내가 더 급한데…… 나쁜 녀석들."

고두희가 저녁쯤 방에 돌아왔을 때 같은 방 아이들이 진유청이 전하라고 한 말이 있다며 가볍게 입을 나불거렸다가 엄청나게 쥐어 터졌다.

사실 고두희가 나채환만큼 강했으면 상방의 광견이란 이름은 고두희의 것이 됐을 거다.

고두희는 못내 그 사실이 안타깝고 자존심이 상했다.

왜냐하면 광견이란 이름을 가진 나채환은 자질이 있고 강한 데도 불구하고 성격이 나빠 성공할 수 없는 안타까운 녀석이고, 고두희 자신은 가진 건 아무것도 없는데 성격까지 나빠 성공할 수 없는 쓰레기였기 때문이다.

씩씩거리며 한바탕 난리를 치고 나니 마음이 풀린 고두희는 침상에 눕자마자 이내 단잠에 빠져들었다.

진유청이 한 말 따위 이미 잊은 후다.

돌아오는 아침이 후회의 그날로 시작될 거라고? 어디 한 번 해 보시지.

고두희는 두렵지 않았다.

"으음……."

왜 목이 간지럽지?

찰싹!

벌레인가 싶어 손으로 따가우리만큼 아프게 제 목덜미를 후려쳤는데 아프지가 않다.

꿈인 건가?

고두희가 다시 깊은 잠에 빠져들 때 귀에서 소곤거리는 소리가 들렸다.

"아까 마지막으로 기회를 줬잖아. 오랄 때 왔으면 얼마나 좋았겠어. 안 그래?"

귓가에서 느껴지는 서늘한 숨소리에 소름이 돋은 고두희가 번쩍 눈을 뜬다.

"흡!"

누군가의 손이 고두희의 입을 막았다.

고두희가 눈동자를 옆으로 굴려 누군지 확인한다.

진유청, 이 자식이!

퍼억, 퍽!

침상 위에서 날뛰며 몸을 움직이려 하지만 왼 다리는 나채환이, 오른 다리는 정한수가 단단히 틀어쥐고 있다.

"너도 참 조심성 없다. 내가 그렇게 경고를 했는 데도 여기서 처자냐? 잠이 왔어?"

고두희의 입을 막고 있는 손바닥 안쪽에서 축축한 게 느껴진다.

이 더러운 놈…… 침 뱉었냐?

그러면 내 손도 더러워지지만 니 얼굴이 더 더러워질 텐데.

진유청이 본능적으로 슬쩍 손을 입에서 떼자 고두희가 말했다.

"빨리 안 꺼지면 다 죽여 버리겠어!"

눈을 부라리는 모습이 자못 험상궂다.

"십이호 애들 다 깬 모양인데?"

자신들이야 기척을 죽이고 왔다 쳐도 마지막에 따라 들어온 권오현의 발자국 소리부터 좀 전에 고두희의 목소리까지 겹쳐져 하나둘 눈을 뜬 듯했다.

"괜찮아. 눈 안 뜨고 있잖아. 잠든 거나 잠든 척하는 거나 어차피 비슷한 거야. 앞은 안 보여."

"귀는?"

나채환의 물음에 진유청이 별거 아니라는 듯 대답했다.

"막고 있을 거야. 고두희 잠꼬대 때문에 시끄러워서 잠이 안 왔거든. 그렇지?"

하지만 어디서건 분위기 못 맞추는 녀석은 꼭 있다.

"응!"

"……누가 대답한 거야?"

진유청이 신경질적으로 되묻자 주위가 고요해진다.

"놀고 있네. 너네 다 있다가 두고 봐. 가만 안 둬!"

고두희가 이를 까드득 간다.

"니가 멍청한 거지. 소견에 광견이 있는데 쟤들이 당장 니가 무섭겠냐, 아니면 우리가 무섭겠냐."

"씨발……! 마음대로 해. 그리고 다음번엔 저 새끼 아주, 똥통에 처박아 숨 막혀 죽게 만들 거다!"

고두희가 욕을 뱉었다.

진유청이 고개를 돌려 권오현의 상태를 확인하니 녀석의 얼굴이 파랗게 질리는 게 어둠 속에서도 선명히 보인다.

고두희의 침상 위로 올라간 진유청이 한쪽 무릎으로 가슴팍을 누르고 두 손으로 왼팔을 잡아 손바닥이 천장 쪽으로 향하게 한 뒤 침상 바깥쪽으로 뻗게 했다.

그리고 한 손으론 팔꿈치를, 다른 한 손으론 손목을 잡는다.

팔꿈치의 위치는 딱 침상 옆줄에서 반 뼘 안쪽으로 들어

간 곳에 놓았다.

"뭐하는 거야?"

고두희가 인상을 쓰자 진유청이 대답했다.

"부러뜨리려고."

순간 고두희는 물론, 현재 십이호실에 있는 아이들 모두가 경직됐다.

싸움을 하거나 무공을 수련하면서 팔이 부러질 순 있다. 하지만 사지가 결박당한 채 잠에서 깨자마자 멀쩡한 팔이 부러진다는 건…….

"넌 못 해. 내가 한다."

나채환이 나서지만 진유청이 거절한다.

"내가 해야 돼. 니가 하면 너무 당연한 거라서 효과가 없거든."

"그럼 오현이 시켜."

정한수가 저도 모르게 본심을 드러낸다.

누가 뭐래도 권오현보다는 진유청이 정한수에겐 더 중요했다. 둘 중 진유청이 받을 상처가 더 크게 느껴진다.

"나쁜 녀석이네. 오현아, 좀 있다 한수 혼내 줘라."

진유청이 피식 웃으며 놀란 권오현을 달랬다.

진유청의 손에 서서히 힘이 들어간다.

고두희가 마른침을 삼킨다.

못 할 거야, 할 리가 없어.

멀쩡한 팔을 부러뜨리는 게 얼마나 무서운 건데. 애들 싸움에 그렇게까지 하진 않을 거야. 마음속으로 되뇐다.

고두희의 빨라진 심장박동과 떨리는 몸이 손바닥 안에서 모두 느껴졌지만 진유청의 흑백의 경계가 뚜렷한 새카만 눈동자는 조금도 흔들리지 않았다.

마음을 먹었으면 물러나선 안 된다.

도(道)에서 이르기를, 세상 모든 것엔 의미가 있어 하나하나가 소중하고 가치 있다 했다.

자비(慈悲)를 말할 때, 용서하고 또 용서하면 언젠간 그 보답을 받을 것이니, 사랑하니 슬퍼하고, 슬퍼하니 사랑하는 것이라 했다.

……지랄 염병하고 자빠졌네.

새싱 안에 비움도 없고, 증오노 없고, 복심도 없어야 한다고 하면 그게 자학이지, 어찌 사람의 삶이라 할 수 있겠나.

그런 게 의식하지 않고도 자연스럽게 가능한 사람이 있을까?

만약 있다면…… 그건 사람이 아니다. 그냥 하늘의 신선이 땅에 내려와 죽치고 있는 거다.

하늘의 도(道)를 깨우친 사람이 왜 땅에 있냐.

그냥 우화등선해라.

우화등선하는 방법을 모른다면, 와라. 진유청 자신이 가

르쳐 주겠다. 아무 조건 없이 막 퍼 줄 테니 그냥 하늘 가
서 살아라.

진유청은 도(道)에 대해선 잘 알지 못한다.

불귀곡 비급에 쓰여 있는 구절들이나 진가장에서 아이들
과 함께 공부했던 게 다다.

하지만 사람이 마땅히 지켜야 할 도리가 바로 도(道)라
면, 사람이 사람이기에 갖는 자연스러운 감정 또한 그 이치
의 하나가 되어야 하지 않을까.

진유청에게 책에서 나오는 도(道)는 너무 어려웠다.

만날 다 버리래.

집착도 하지 말래. 사랑도 하지 말래, 미워도 하지 말래.

존재하는 모든 것에 의미를 두고 포용하며 감정을 무(無)
의 상태로 돌려 백지장처럼 깨끗해지라 종용한다.

어쩌면 사람의 본성에 대한 욕구가 너무 강해 모든 걸 버
리라 얘기하면 가진 것 중 하나나 둘은 버리지 않을까, 생
각하여 그리 써 놓은 걸까?

본능과 이성 사이에서 보다 스스로를 위해, 그리고 이왕
이면 다른 사람과 공생할 수 있는 방법을 선택하도록 생각
을 넓혀 주고, 세상을 넓혀 주는 마음의 학문이 필요한 것
에 동의하지만, 그게 진짜 도(道)라고는 생각지 않는다.

하얀 종이는 더럽혀지지 않게 품어 안는 게 아니라 자신
의 존재로 색을 입히라고 내 운명 앞에 놓인 거다.

사랑하면 사랑하자, 사람이니까.

미워지면 미워하자, 사람이니까.

그리고 마지막 순간에 마음이 허락한다면 한 번쯤은 용서하자, 또한 사람이길 원하니까.

세상의 이치는 한 방향으로 흐르는 게 아니라, 서로 교차한다.

정도에 넘치지 않고 순리대로 흘러가는 바람이라면 오히려 미움과 증오조차 자연스러운 것.

이것이 나의 도(道)인가?

진유청이 스스로에게 되묻는다.

그리고 대답 대신 전력을 다해 고두희의 손목을 쥐고 있는 팔을 아래로 내리눌렀다.


"빠각!"

……뭐야, 그건?

아직 고두희의 팔은 멀쩡한데, 웬 빠각?

게다가 사람 뼈 부러지는 건 물론 칼이 뱃가죽 훑는 소리까지 익숙했던 진유청이 착각하기엔 너무 어설펐다.

진유청이 소리가 들려온 나채환 쪽으로 고개를 돌린다.

"뼈 부러지는 소리 흉내."

아…… 그래?

다른 사람도 아니고 나채환이 저러니 왠지 무섭다.

입맛을 다신 진유청이 다시 손에 힘을 주는데…….

"뿌억!"

이번엔 바닥에 발까지 내지른다.

진유청이 인상을 쓰는데, 나채환이 말했다.

"이번엔 나 아냐, 정한수지."

얘네가 단체로 미쳤나, 왜 이러지?

두 번이나 빗나가자 흐트러진 팔 위치를 진유청이 부러뜨리기 쉽도록 원래대로 옮긴다.

"음?"

고두희의 팔에 힘이 하나도 안 들어가 있다. 뭐, 상관없겠지.

그렇게 세 번째 시도를 하려는데 이번에는 힘을 제대로 주기도 전에 저지당했다.

"유청아, 애 오줌 쌌다."

정한수가 잡고 있던 고두희의 다리를 침상 위로 내팽개치며 말한다.

혹여 손에라도 묻었을까 기겁을 하는 게 정말인가 보다.

고두희는 무리의 대장이었는데, 오줌을 쌀 정도로 약했나. 남에겐 아이 같지 않은 잔인함을 내보이면서도 정작 이 녀석 스스로는 아직 어린아이였던 모양이다.

아니면 그렇기에 다른 사람의 상처를 돌보지 않고 내키는 대로 독기를 뿜어낼 수 있었을지도.

"계속할 거야?"

어느새 다가온 권오현이 진유청의 옷자락을 잡아당긴다.

"응. 그래야 네가 안전하고 내가 편안하고, 미움을 풀 수 있으니까."

권오현은 한수와 채환이가 진유청이 타인에게 상처 주는 게 걱정되어 일부로 주의를 흐트러트린 거란 걸 느꼈다.

고두희와의 일에 있어 권오현 자신이 가장 큰 피해자지만 그럼에도 불구하고 유청이가 저놈의 팔을 부러뜨리는 건 보고 싶지 않았다.

특히나 그게 자신 때문이라면.

"그만해라."

권오현의 말에 진유청이 고개를 갸웃거린다.

"지금 그만두면 고두희가 독이 오를 대로 오를 텐데, 니가 제일 고생할 거야."

어쩌면 목숨이 위험할지도.

권오현이 마른침을 꿀꺽 삼킨다.

진유청의 얘기를 듣고 나니 망설여진다.

말려도 되나? 나중에 후회하는 거 아닐까? 자신이 가장 위험하고 자신이 가장 큰 피해를 입게 될 거다.

"눈 감고 귀 막고 잠깐만 졸고 있어. 그러면 돌아갈 땐 같이 뒷간에 가서 시원하게 일도 보고 그리고 푹 자는 거야. 내일부턴 다 괜찮아질 거야."

진유청이 상체를 앞으로 숙이며 두 팔에 힘을 주는 게 어둠 속에서도 달빛을 받아 권오현의 눈에 똑똑히 보였다.

달빛 꺼!

바람이 등잔불 대신 달빛을 덮쳐 줬으면 좋겠다.

안 보였으면 덜 미안해서 유청이 말대로 잠깐 졸은 척하며 '몰랐는데, 벌써 끝났어?' 라고 말할 수 있었을 텐데.

권오현은 저도 모르게 진유청의 팔 위에 올라가 있는 자신의 손을 볼 수 있었다.

제, 젠장! 나도 모르겠다!

권오현은 최대한 용기를 낸 거고, 마음을 쓴 거지만 진유청 입장에선 그렇지 않았다.

이것으로 팔 하나 부러뜨리는 데 자그만치 네 번째 방해를 받은 것이기 때문이다.

눈가를 파르르 떨던 진유청이 벌떡 일어났다.

"우씨, 이것들이 왜 자꾸 방해질이야, 정말! 안 해! 나 안 해!"

빽 소리치는 모습이 진짜 신경질이 잔뜩 난 것 같다.

기절한 상태에서도 자기 배를 밟고 서 있는 진유청의 무게가 느껴졌는지 고두희가 사지를 벌벌 떤다.

"야! 팔 부러뜨리기 전에 배 터트려 죽이겠다. 얼른 내려와!"

정한수가 식겁하여 진유청에게 손짓했다.

진유청이 가볍게 바닥으로 뛰어내린다.

"이제 나도 몰라."

권오현이 자신의 어깨에 손을 올리고는 심각한 어조로 말하는 진유청으로 인해 겁을 집어먹는다.

"내가 미쳤어, 미쳤어!"

심약하고 소심해서 객기를 부려 본 적이 없는데, 오늘같이 중요한 순간 삐끗해 버린 것이다.

"내가 부러뜨려 줄까? 나는 상관없는데."

나채환이 권오현에게 말한다.

권오현이 반색하며 나채환을 바라보았다가 처음에 진유청이 했던 말을 떠올리곤 고개를 푹 숙인다.

자신이 생각해도 광견이 하면, 너무 당연하다.

그럼 위협이 되지 못하지. 그냥 내기 할까?

기절해 있는 고두희의 손목에 손끝을 대 본다.

실수도 아니고, 대련을 하다 공격을 한 것도 아니고, 그냥 사람 뼈를 부러뜨린다는 게 소름 돋았다.

언젠가는 무공을 사용해 사람도 죽여야 할 텐데, 그때도 이렇게 떨리려나.

"니가 할 정도면 그냥 내가 할게. 대신 이번에도 방해하면은 그땐……"

'니 팔을 대신 부러뜨릴지도 몰라' 라고 눈으로 말하는 진유청은 무시무시했다.

권오현은 얌전히 물러나려고 했다.

그런데 왜 발이 안 떨어져?

"에이, 씨발!"

권오현이 어깨를 들썩이며 크게 욕을 한 번 뱉은 뒤 진유청을 잡았다.

"팔 부러뜨린 거랑 맞먹을 정도로 충격적이면 되는 거지?"

진유청이 의아한 눈으로 고개를 끄덕인다.

"니네 다 나가 있어. 이 일은 내가 처리한다."

항상 수그리고만 있던 권오현이 가슴을 펴고 하는 말에 세 아이들은 따르지 않을 수 없었다.

무엇보다 씨발이래잖아, 씨발! 어떻게 그런 심한 욕을!

세 아이들은 입을 꾹 다물고 시키는 대로 했다.

"너네도 다 조용히 해. 아까부터 잠들었던 것처럼 우리 애들 나간 뒤에도 계속 자는 거다!"

이번엔 '응!' 하고 대답하는 분위기 못 맞추는 녀석이 없어 다행이다.

권오현은 이미 자신이 쓸 수 있는 용기를 모두 소모했기 때문에 그런 의외의 상황이 닥치면 대처할 힘이 없었다.

세 아이가 나가고 주위가 고요하다.

권오현은 고두희의 침상 위로 올라가 녀석의 허리쯤에 양발을 벌리고 섰다.

그리고 차마 고두희의 얼굴을 보고 할 자신은 없어서 반대쪽으로 몸을 돌린 뒤 쭈그리고 앉았다.

……뿌우우웅!

오래 묵혀 놨던 것이 해방되는 자유의 소리만이 진실을 알려 주었다.


"잘 해낼 수 있을까, 저 녀석?"

정한수가 어딘지 불안한 듯 문을 뚫어져라 바라본다.

"괜찮을 거야. 오현이 같은 애가 마음먹으면 아주 무섭다고."

진유청의 말에 나채환이 끼어든다.

"퍽이나."

"진짜라니까?"

셋이 아웅다웅할 때 문이 열리기 시작했다.

"오현아!"

셋이 권오현을 반겨 준다.

"성공했어?"

정한수의 말에 권오현이 고개를 끄덕인다.

"나는 오늘 인간이 가선 안 될 길을 걸었어."

권오현은 아주 힘겨워 보였다.

"길은 만들라고 있는 거잖아. 네가 용기를 내서 길을 닦고 걸어갔으니 넌 혼자가 아냐. 그 길이 어떤 길이건 간에 우리 모두랑 같이 그 길을 걸은 거라고."

대단한 일을 해낸 권오현이 자랑스럽고, 대견하다.

아이들이 권오현의 어깨를 두드려 주고 등을 쓸어 주며 마음을 표했다.

권오현은 조금이지만 뿌듯한 마음에 흐릿하게 미소 짓는다.

"이제 갈까?"

아이들이 자신들의 오호실로 돌아간다.

"아, 오현이 너 똥간 가고 싶다 하지 않았냐? 방에 들어가기 전에 갔다 오자."

진유청의 말에 권오현이 흠칫 몸을 굳힌다.

"이제…… 괜찮아."

"그래도 다녀오는 게 낫지 않을까? 있다 잘 때 같이 가 달라고 깨워도 안 일어날 거야."

"안 마려울 거야."

저렇게까지 말하는 데야 안 나오는 걸 쥐어짜서 싸라 그럴 수도 없는 노릇이고, 아이들은 그냥 방으로 들어갔다.

第六章

# 그것은 너의 도(道)

“제대로 할 마음이 있는 녀석만 검을 휘둘러라!”

강일언 교두는 항상 엄격했다.

수업을 진행하던 그의 눈에 진유청을 비롯하여 자신이 눈여겨보았던 세 명의 아이들이 보였다.

쉬익!

여전히 휘두르는 검은 깔끔하고, 사나우며, 자연스럽다.

하지만 아무리 재능이 뛰어나도, 작은 배움이나마 놓치지 않고 끈기 있고 성실하게 임해야만 한다고 강일언은 생각했다.

그런 면에선…….

시이익!

　저 세 아이들과 비교하면 격차가 크긴 하지만 그래도 수업에 열중하고 최선을 다하는 모습만큼은 돋보이는 권오현이 강일언에게 재평가됐다.

　그나마 항상 움츠렸던 어깨를 펴고 검끝을 제대로 보니 예전에 비해 검술이 많이 나아졌다.

　"더 노력해라."

　강일언이 권오현을 격려해 줬다.

　그다지 격려처럼 들리진 않는 말이지만 권오현으로선 하급 검술 수업으로 쫓겨나지 않는다는 것만으로도 기뻤다.

　"유청아, 우리 이 수업 얼마나 더 들어야 해?"

　"며칠만. 오현이가 고두희를 어떻게 처리했는지 확실히 말을 안 해 주니 어쩔 수 없잖아. 제대로 깔끔하게 해결이 됐는지 확인하려면 우리가 좀 더 신경 쓰는 수밖에."

　저번처럼 오현이가 다친 뒤엔 이미 늦다.

　특히나 당한 게 있어 잔뜩 독기가 올랐을 고두희를 권오현이 제대로 밟아 주지 않았다면 정말 큰 사달이 벌어질지도 몰랐다.

　"바로 소문이 퍼질 줄 알았더니 의외로 조용해."

　"그러게. 난리 날 줄 알았는데 말야."

　손은 검을 움직이면서도 아이들은 어렵지 않게 이야기를 나눌 수 있었다.

　나채환이나 정한수는 그렇다 쳐도 진유청은 어찌 저리

잘한단 말인가?

진유청은 하는 생각부터 말, 행동, 어느 하나 범상한 게 없었다.

그렇게 잡담을 나누다 보니 어느새 수업이 끝났다.

"내일 또 보지."

강 교두가 중급 검술 수업을 마치며 인사를 했다.

아이들도 가르침을 준 교두에게 고개를 숙인다.

진유청과 아이들은 그 순간에도 하던 애기를 이어 가고 있었다.

"권오현, 너 제대로 한 거 맞아?"

정한수와 진유청이 권오현을 바라보며 묻자 그가 고개를 끄덕인다.

간단한 고갯짓이 아니다. 엄숙하고, 무게가 담겨 있었다.

"흠. 오줌 지린 게 충격이었나?"

진유청이 고개를 갸웃거린다.

"조용하면 좋은 거지, 뭐."

정한수는 생글생글 일이 잘 해결된 듯해 기분이 좋은 모양이다.

수업도 끝났으니 다 같이 하노에게 놀러 가기로 하고 연무장을 나서려던 네 아이들이 저편에서 다가오는 고두희를 보고는 움직임을 멈춘다.

"니들은 개인데, 쟤는 호랑이인가 봐."

진유청의 말에 정한수와 나채환이 인상을 썼다.

그런데 다가오는 고두희의 안색이 심상치 않다. 두려움이나 미움 때문에 그렇다고 보기에는 너무나 기괴했다.

"얼굴이 꼭 죽었다 깨어난 사람 같다."

"그러게. 사견은 중방에 있는데, 이거 잘못했다간 상방에도 사견이 한 마리 생기겠는걸?"

농담할 때는 아니었지만 아이들이 동요할 정도로 고두희의 얼굴은 참혹했다.

"너, 대체 무슨 짓을 한 거냐?"

정한수가 권오현에게 묻는다.

"그게……."

권오현이 우물쭈물하며 쉽게 입을 열지 못한다.

그때 고두희가 진유청을 바라보며 입을 뻐끔거렸다.

"뭐래?"

나채환이 진유청을 툭 친다.

"……나보고 자길 지옥에 빠트렸다며, 평생 그 수치를 잊을 수 없을 테니, 그냥 같이 죽자는데?"

"그 긴말을 입 모양만 보고 알아?"

나채환은 저 살벌한 말에 담긴 의미보다 그게 더 궁금한 모양이다.

"채환이 네가 멍청한 거야. 난 유청이가 말 안 해 줬어도 쟤 얼굴만 보고도 알겠다."

정한수가 어깨를 으쓱거렸다.

그래, 너희들 일이 아니라 이거지?

진유청이 콧잔등을 찡그리더니 고두희를 향해 외쳤다.

"야! 고두희! 내가 그런 거 아냐! 오현이가 한 거야!"

뭐 이런 녀석이 다 있어?

그래도 설마 자기 이름을 밝힐 줄이야!

권오현이 깜짝 놀라 입을 쩍 벌린다.

고두희가 천천히 권오현 쪽으로 시선을 돌린다. 그리고 뚫어져라 권오현을 응시했다.

바들바들 떨던 권오현이 어떻게든 고두희에게서 몸을 감추기 위해 뒷걸음질 치자 고두희가 고개를 젓는다.

저놈이 아니다, 자신의 먹이는.

고두희 자신에게 그런 흉악하고 끔찍한 짓을 한 놈은 바로!

스릉!

고두희가 검을 뽑는다.

햇빛에 반사되어 눈이 아릿할 정도로 빛을 반사하는 예리한 검날!

"진검이네?"

권오현이 멍한 눈으로 중얼거린다.

진유청이 권오현의 뒷덜미를 잡아 자신의 뒤로 끌어당기며 외쳤다.

“맞아! 내가 그랬다, 이 자식아!”

고두희가 흰 이를 드러냈다.

“그래, 바로 너다. 진유청! 네가 그랬어야지.”

고두희의 말에 진유청이 한 발 앞으로 나서며 외쳤다.

“덤벼, 이 찌질한 자식아!”

바닥에 크게 발을 내질러 반동을 얻은 고두희가 진유청을 향해 몸을 날렸다.

쇄애애액!

고두희의 검이 진유청을 크게 사선으로 가로지르려 한다.

진유청은 피하지도 않고 자신을 향해 덮쳐드는 검날을 노려봤다.

어떻게 하려는 건지 몰라 잠자코 뒤에서 지켜보던 정한수가 기겁하며 검을 뽑아 진유청을 노리고 내리그이지는 고두희의 검을 쳐 낸다.

채앙!

“유청이 너, 미쳤냐! 검 들고 있는 녀석한테 덤비라고 할 거면 앞에 나서지 말고 내 등 뒤에서 하란 말이다!”

정한수가 고두희가 아닌 진유청을 향해 소리 지른다.

“괜찮냐?”

나채환의 걱정 어린 목소리도 들린다.

“죽인다…….”

자신의 일 검이 가볍게 튕겨 나오자 고두희가 이를 악문 채 눈을 부릅떴다.

"너희들, 뭐하는 거냐!"

다른 수업을 진행하던 교두가 달려온다.

수련생들도 당황하여 어쩔 줄 몰라한다.

갑자기 고두희가 연무장에 나타나더니 중인환시에 같은 수련생에게 진검을 휘두른 거다.

이것은 큰 사건이었다.

게다가 최악은…….

"이, 이게 무슨 일이냐!"

마침 연무장에 왔던 부학장 상두가 이 광경을 똑똑히 목격했다는 거였다.

고두희는 빠져나갈 구멍이 없었다.

쥐구멍만큼도.

◑     ◑     ◑

"내가 오지 않았다면 어쩔 뻔했느냐. 정말 큰일이 날 뻔했다."

부학장 상두는 답지 않게 나긋나긋한 목소리로 진유청을 걱정했다.

"강 교두, 자네 수업을 듣던 수련생이 저런 사고를 쳤는데, 자네는 대체 어디 있었나!"

“죄송합니다. 제가 아이들 관리를 제대로 하지 못했습니다.”

강일언이 고개를 숙인다.

교두들에게 포박당해서 무릎 꿇려진 고두희는 아직도 이성을 되찾지 못하고 있다.

“교두님 잘못이 아닙니다.”

진유청이 강일언의 편을 든다.

“흠흠.”

다른 때라면 자기 말에 반박하는 상방 수련생을 용납할 리 없는 상두지만 오늘은 참는다.

“당사자가 저리 말하니 일단 지금은 넘어가겠네만 문책과 조사까지 없을 수는 없네.”

“네.”

강일언이 나직하게 대답했다.

상두는 진유청과 같이 있던 아이들 중 자기가 아는 얼굴이자 하방 수련생인 정한수에게만 괜찮은지를 묻고 확인한 후 다른 아이들에겐 관심도 주지 않았다.

그리고 자신이 연무장에 온 이유에 대해 밝힌다.

“진유청, 너를 찾는 손님이 오셨다.”

대체 누구기에 철두가 연무장까지 일개 수련생을 직접 데리러 왔을까?

모여 있던 사람들이 귀를 쫑긋 세운다.

"금오상단 상단주님이 직접 찾아올 정도로 친분이 있었
으면 진작 얘기해 주지 그랬느냐."

어조가 나긋나긋 녹아든다.

상두가 진유청의 어깨에 친숙하게 손을 올렸다.

"어서 가자."

"갔다 올게. 오현이 숨 안 넘어가게 안정 좀 시키고 있
어라."

진유청이 아이들에게 당부한 뒤 상두를 쫓아갔다.

"금오상단?"

철두의 말을 들은 이들의 눈이 휘둥그레져 있다.

맹의 대소사에 관심이 많은 아이들은 금오상단이 무림맹
과 관련이 있는 큰 상단이란 걸 안다.

금오상단에 대해 전혀 몰랐던 아이들도 철두가 저리 나
설 정도면 돈 좀 있는 곳이란 걸 대충 짐작할 수 있었지만.

"유청이가 금오상단과 관련이 있었나?"

그렇다면 왜 상방에 있는 거지?

게다가 그런 사실을 자신이 전해 들은 적이 없다는 게 더
의아했다.

"……그래서 자기 등쳐 먹지 말라고 했던 거군."

나채환이 눈을 가늘게 뜨고 중얼거린다.

"야! 넌 누가 자기 뒷배만 믿고 까불던지, 다른 놈 배경
보고 알랑거리는 거 보면 미친놈처럼 날뛰면서 정작 너는

유청이 등 못 쳐 먹는 게 아쉽냐, 아쉬워?”

정한수가 황당해하며 핀잔을 주자, 나채환이 아무렇지도 않은 얼굴로 대답했다.

“유청이잖아.”

그래, 유청이니까 많이 뜯어먹어라.

어이없어진 정한수가 나채환을 외면했다.

◐　　◐　　◐

“단리 상단주님!”

유청이가 수련생들을 찾아온 손님들이 있는 대기실로 들어가자마자 보이는 단리종을 향해 활짝 웃었다.

“잘 지냈느냐?”

단리종도 껄껄 웃으며 진유청을 맞이했다.

단리종의 질문에 진유청이 잠시 멈칫했지만 이내 배시시 웃으며 고개를 끄덕인다.

“네, 잘 지내요.”

옛날에 알던 친구 놈 팔 부러뜨릴 뻔했던 거나, 그놈이 눈 돌아가서 칼침 놓으려고 달려들었다는 것만 빼면 그럭저럭.

“유청이 너라면 어디서든 잘 지낼 수 있을 것이다. 누구나 너를 좋아하지 않느냐.”

“그래서 그런가? 인기인은 좀 괴롭잖아요. 사는 게 생각처럼 쉽지 않은 거 있죠?”

검지를 좌우로 까딱거리며 눈을 동그랗게 뜨고 말하는 진유청은 처음 만났던 다섯 살 때와 조금도 다르지 않다.

“녀석 하고는, 허허.”

무림맹에서 여러 가지 일들에 시달리느라 지쳐 있던 단리종의 얼굴에 혈색이 돈다.

그냥 잠시 마주하고 있는 걸로도 다른 사람에게 힘을 주는 아이다.

“뭐가 그렇게 힘들더냐. 혹시…….”

단리종이 말끝을 흐린다.

아들인 단리석의 말에 의하면 굳이 중방으로 옮겨 준다는 걸 진가장에 해당하는 상방 숙소로 들어갔다고 하니, 거기서 파생될 여러 가지 일들이 떠올랐기 때문이다.

“별거 아녜요. 강아지 두 마리에 닭 한 마리를 키우게 됐는데 말썽을 많이 부리네요.”

광견과 소견에 이어, 심약한 새가슴을 가졌으나 날개가 없어 날진 못하는 권오현까지.

“학관 숙소에서 동물도 키울 수 있더냐?”

처음 듣는 얘기라 단리종이 관심을 보이자 진유청이 눈을 살짝 내리깐다.

“그게…….”

진유청이 조금 난감한 기색을 내보이자, 단리종이 유청이를 따라 대기실 안까지 들어와 있는 상두를 바라봤다.

학관 내 규칙엔 어긋나는 걸 유청이가 몰래 하는 모양이다 생각했기 때문이다.

"부학장님, 이렇게 신경 써 주셔서 감사합니다."

단리종의 말에 상두가 활짝 웃으며 고개를 젓는다.

"앞으로 무림의 동량이 될 수련생들을 위해 이 정도야 당연히 해야 하지 않겠습니까."

"그러시군요."

단리종이 대답하며 물끄러미 상두를 바라본다.

상두는 어색한 얼굴로 지금쯤 저들이 품속에서 뭔가를 꺼낼 때가 됐건만 하며 좀 더 기다린다.

"바쁘실 텐데 이만 가 보셔도 됩니다."

단리종의 말에 상두의 얼굴이 눈에 띄게 굳었다.

다른 곳도 아니고 금오상단의 상단주가 직접 찾아왔다 하여 자신이 발바닥에 땀나게 뛰어다녔건만 수중에 들어온 게 없는 거다.

"알겠습니다. 그럼 이만."

모래 씹은 표정을 하고는 상두가 대기실을 나선다.

"특별히 신경 쓸 정도로 인연이 있는 아이가 아니라 그냥저냥 아는 사이였나 보군, 쳇."

자신이 특별히 대기실이 있는 전각에서 가장 좋은 곳을

내어 주었건만 괜히 그랬다 싶다.

상두가 쿵쾅쿵쾅 바닥을 울리며 자기 집무실로 돌아갔다.

"이제 편히 말하거라."

단리종의 말에 진유청이 그의 얼굴을 빤히 응시한다.

"왜 그러느냐?"

"……저한테 쓰시는 돈이 아까워서 그러실 것 같진 않고, 금오상단 재정이 안 좋은 거라고 하기엔 억지스럽고……."

뇌물을 바라는 티를 팍팍 낸 상두의 뜻을 알아듣지 못할 정도로 단리 부자가 눈치가 없을 린 없다.

"섭섭하느냐?"

단리종이 눈가에 주름을 잡으며 웃는다.

"그게 아니라 걱정돼서 그래요."

진유청의 대답에 단리종의 눈이 커진다.

단리종이 아들을 향해 고개를 돌렸다.

하지만 처음부터 자신과 함께 있었던 단리석이 유청이에게 언질을 줄 수 있었을 리가 없지 않나.

"상단주님이 저를 특별히 신경 쓴다는 걸 티를 내선 안 될 정도라면 문제가 있는 거겠죠?"

이전의 삶에서 경험한 여러 가지 일들을 떠올리고, 그때 그 일이 어떻게 일어났었는지에 대해 역으로 생각을 되짚다 보면, 다양한 흐름이 보인다.

그때 그 사람은 왜 그런 행동을 했고, 왜 그런 말을 했는지에 대해 추측이 가능해지는 거다.

그런 경험이 쌓이고 쌓이다 보면 연륜이 되고, 사고의 폭이 넓어진다.

단순히 머리가 좋아서 할 수 있는 일이 아니라, 책으로 인한 간접 경험이나 스스로 직접 체험한 것이 거름이 되어 피어나는 싹인 것이다.

어쨌거나 아직 열 살인 진유청의 추론이라고 하기엔 너무 비범했고, 듣는 이를 경악하게 만들 수준이었다.

"……이리 와 보거라."

단리종이 진유청에게 손짓을 했다.

진유청이 단리종의 바로 앞으로 다가가자 그가 두 손을 내밀어 진유청의 손을 꼭 쥔다.

"너는 항상 나와 다른 사람들을 놀라게 했단다."

차라리 다른 이들의 이목을 생각해 만나지 말고 하남으로 돌아갈까도 고민했다.

하지만 유청이가 처음 학관에 갔을 때도 금오상단 총관과 동행했던 만큼, 화산파 대장로의 얘기를 듣고 난 이후 너무 의식하는 듯한 모습을 보이는 건 오히려 안 좋은 영향을 미칠지도 모른다고 스스로에게 얘기하며 결국 무림학관으로 왔다.

그것은 단리종이 화산파 대장로를 만난 이후 고심한 부

분에 대해 진유청이 어떤 확신을 줄 수 있지 않을까 은연중 기대했기 때문이다.

"너는 혜아를 어찌 생각하느냐."

"혜아요?"

진유청의 눈이 동그래진다.

한참 심각하게 분위기를 잡더니 갑자기 그 여우 꼬랑지는 왜?

"우리 혜아가 점점 더 예뻐지지 않느냐?"

"그, 그거야 그렇지요."

자기 손녀 예쁘다고 자랑질하는 할아버지 앞에서 '개 하나도 안 예뻐요' 라고 말하는 건 매를 버는 행동이라고 진유청은 생각했다.

게다가 여우 꼬랑지인 만큼 갈수록 사람 홀리는 기술이 능해지긴 하는 건지 확실히 예뻐지긴 했다.

"화산파 대장로가 좋은 혼처가 있다며 혜아를 탐내더구나."

"네에?"

진유청이 버럭 외친다.

여우 꼬랑지를 탐내? 그 노망난 노친네는 또 누구야?

게다가 화산파면 손에 잡히는 대로 이놈 저놈 피를 쭉쭉 빨아먹고, 나중에 장로란 작자가 자기 사질이라는 장문인을 죽이는 패륜 집단이잖아!

소견 정한수의 사문이라 안 그래도 진유청이 신경을 쓰던 곳인데, 혜아까지 얽힌다면 진유청으로선 감당하기 어려웠다.

"혜아는 이제 열두 살이에요! 혼처라니요! 말도 안 돼요, 상단주님!"

진유청이 흔치 않게 얼굴까지 붉히며 흥분하는 모습을 본 단리종은 내심 흐뭇한 미소를 지었다.

자신이 원했던 확신이 바로 눈앞에서 드러나 선명히 보이니 당연히 좋을 수밖에.

"혜아가 배필을 구하는 게 싫은 게냐."

"그런 건 아니지만…… 혜아의 행복을 위해서도 정략혼은 재고해 주시면 안 될까요? 정말 친구로서 부탁드립니다, 상단주님."

그 여우 꼬랑지는 아직도 유청의 형인 이현을 보면 얼굴을 붉히고…… 무슨 건수든 잡아 진가장에 눌어붙으려 했다.

그런 녀석이 억지로 정략혼을 하고, 어린 나이에 시집을 간다고?

있을 수 없는 일이다.

진유청의 과한 반응에 단리종이 입을 연다.

"아직 결정된 사항은 아니다."

……그럼 그렇게 말을 하셔야죠!

열이 확 식어 버리자 머쓱해진다.

“네 마음은 충분히 알았으니 됐다.”

단리종의 빙그레 웃는 얼굴이 왜인지 모르게 가슴에 콕 박혀 까슬거린다.

“우린 이제 가 봐야겠구나. 하남에 가면 할 일이 많으니 서둘러야겠다.”

무림맹 내에서 분명 무슨 일이 있긴 했나 본데, 얘길 안 해 주니 알 도리가 없다. 그렇다고 자신이 꼬치꼬치 캐물을 수도 없는 노릇이고…….

뭐, 열 살밖에 안 된 나이에 자신이 안다고 해서 해결해 줄 수 있는 것도 아니니 됐다.

그래도 금오상단의 주인쯤 되시는 분이시니 알아서 잘 해결하시겠지……. 분명 금오상단은 자신이 죽기 전까지도 천하에서 돈 많기로 소문난 잘나가는 상단이었으니.

“아버지와 형님에게 제 안부 전해 주세요.”

“그러마.”

“그리고…….”

진유청이 까치발을 하고는 몸을 일으킨 단리종의 옷소매를 잡고 그를 올려다본다.

“힘든 일 있으면 혼자 고민하지 마시고 친구들과 얘기도 하고 그러세요. 동심회는 한 식구나 다름없잖아요.”

진유청의 걱정 어린 눈빛에 단리종이 그의 어깨를 두드린다.

"조금만 더 있다가 이현 형님이 세상에서 제일 강한 사람이 되면 금오상단을 괴롭힌 사람들 혼내 주라고 할 게요!"

진유청이 자신 있게 가슴을 펴며 말했다.

'그러니 형님과 진가장에 투자 좀 아낌없이 팍팍 하세요'란 뜻을 담고서.

"알았다, 조금만 더 기다려 보마, 하하!"

단리종이 호쾌하게 웃었다.

"아, 뭐 필요한 건 없느냐?"

단리종이 헤어지기 전 마지막으로 묻는 말에 진유청이 반색하며 대답했다.

"질 좋은 찻잎과……."

"알았다. 찻잎은 따로 챙겨 놓은 게 있으니 그걸 주면 되고, 두 번째 섯은 네게 늘은 그대로 진 회주에게 전하기만 하면 되는 거겠지?"

"네."

"그래, 알았다."

금오상단의 단리 부자와 진유청이 아쉬운 작별을 했다.

상방 오호로 돌아온 진유청은 문을 열자마자 뿜어져 나오는 음습한 기운에 깜짝 놀랐다.

"왜들 이래?"

진유청이 묻지만 대답하는 이가 없다.

권오현과 정한수는 물론 나채환까지 셋이 바닥에 동그랗게 모여 앉아 고개를 숙이고 있었다.

이건 거의 초상집 분위기다.

"야!?"

진유청이 다가가지만 고개를 돌려 바라보는 녀석도 없다.

"너희들 삐쳤냐?"

자신이 금오상단과 아는 사이임에도 한마디 언질도 준 적이 없어 서운한 건가 짐작해 본다.

"그런 거야?"

슬쩍 정한수 옆에 엉덩이를 들이밀며 진유청이 다시 물었다.

"아무리 친구라도 시시콜콜 자기 얘기 다 하지 않잖아. 너네도 다 그러면서 뭘 그래?"

처음엔 그래도 달래듯 이야기하던 진유청이 말을 할수록 점점 더 부아가 치미는지 낯빛이 안 좋다.

자신이 왜 이런 우스운 변명을 해야 한단 말인가?

"아, 몰라. 계속 화내던지, 말던지!"

진유청이 바닥에서 엉덩이를 반쯤 떼며 몸을 일으키는데 정한수가 진유청의 팔을 잡았다.

"그래서 그런 거 아냐."

“그럼 왜 그러는데!”

진유청이 언성을 높이자 정한수가 한숨을 푹 쉬며 입을 열었다.

◉　　　◉　　　◉

상방 오호실에 네 명의 아이들이 바닥에 엉덩이를 꾹 붙인 채 머리를 맞대고 있다.

침묵이 묵직하게 어깨를 짓누른다.

세상에 그런 일이 다 있구나, 싶다.

“그래서 고두희는 어찌 됐어?”

진유청이 순식간에 초췌해진 얼굴로 물었다.

“나중에 부학상 철누가 다시 왔는데, 뭣 때문인지 완전 신경질이 나서는 돼지 멱따는 소리를 빽빽 지르더니 강제 퇴관시키자고 했어.”

“흠……. 나채환 같은 녀석도 강제 퇴관은 안 당했는데…… 좀 세네.”

“세긴. 연무장에서 중인환시에 같은 수련생한테 검을 휘둘렀는데. 네가 중방 수련생 정도만 됐어도 절강 고가가 발칵 뒤집혔을 거다.”

어차피 팔도 부러뜨리려 했던 마당에 강제 퇴관으로 얼굴 안 마주치면 서로 좀 낫긴 할 테지만……

그 똥이 참……. 사람 마음을 안 좋게 한다.

진유청이 아무렇지도 않은 척 애쓰며 입을 열었다.

최대한 자연스럽게.

"오현아."

"왜?"

권오현이 시무룩하게 대답한다.

"그건 인간은 갈 수 없는 길이야. 인간이 가선 안 되는 길이 아니라. 다음부턴 헷갈리지 마."

축 처진 분위기를 좀 띄워 볼까 싶어 농을 던지는 진유청의 말에 권오현이 웃음 대신 울상을 짓는다.

"그런데 어디다 했어?"

갑자기 궁금하다는 듯 정한수가 묻는다.

고두희가 그냥도 아니고 어떻게 저렇게 미칠 수 있냐며 오호로 돌아와 얘기를 나누던 도중에 찔리는 게 있던 권오현이 이실직고했다. 이후 아이들은 진유청이 올 때까지 정신을 놓고 있었는지라 물어보지 못했다.

"그런 걸 왜 물어보냐!"

진유청이 핀잔을 준다.

"허리 위, 아니면 밑?"

나채환은 좀 더 구체적이다.

"켁켁……."

그런 것에 좀 민감한 진유청이 헛구역질까지 하자, 권오현이 정말 곧 울음을 터트릴 것 같다.

"그, 그만하자. 오현이가 날 위해서 그런 거잖아. 그렇지?"

진유청이 애써 안색을 가다듬으며 권오현의 편을 들어준다.

"응. 나도 못 하는 걸 유청이 너한테 시키고 싶진 않았어."

권오현의 진심이 느껴졌다.

"내가 조금만 더 힘이 강했거나 마음이 단단했다면 좋았을걸."

권오현이 어깨를 움츠린다.

진유청은 나채환과 정한수에게 눈짓을 준다.

더 이상 놀리거나 장난치지 말라는 경고였다.

권오현 스스로는 자기가 한 짓에 부끄러워 어쩔 줄 몰라 하지만, 폭력은 똥보다 더 더럽고, 다른 사람을 상처 주는 마음은 구린내보다 더 악취 나는 거다.

심약한 녀석이, 겁도 많은 게, 그래도 친구를 위해 나섰다.

이것이야말로 진정 강한 힘이요, 단단한 마음이 아닐까.

자기가 하기 싫은 건 다른 사람에게 시키지 않아야 한다니, 이 또한 도(道)다.

"아냐, 너 정말 대단해. 진심으로 감탄했어."

진유청이 몸을 반쯤 일으켜 맞은편에 앉아 고개를 푹 숙이고 있는 권오현의 뒤통수를 내려다보며 그의 어깨에 손을 올린다.

"저, 정말?"

"그래. 그것은 너의 도(道)니까."

……갑자기 방이 고요해진다.

권오현이 어깨를 부르르 떨더니 머리를 번쩍 들어 올렸다.

따악!

권오현의 뒤통수와 진유청의 턱이 부딪치며 강한 소리가
났다.

"그래, 그거 내 똥이다, 됐냐? 됐어!"

"아, 아니 그게 아니라……."

머리가 뒤로 확 젖혀진 채 쓰러졌던 진유청이 턱을 부여
잡고 열심히 설명한다.

"네, 도오라고오……."

정통으로 맞은 턱 때문에 발음이 샌다.

"그만 말해도 안다, 알아!"

진유청의 변명은 하면 할수록 권오현을 더욱 광분하게
만들었다.


☯ ☯ ☯


"미안해……."

"흥!"

진유청이 이불을 돌돌 말고 몸을 웅크린 채 콧방귀를 낀다.

"미안하다니까! 그 상황에서 내가 그 도가 도(道)인지 똥인지 어떻게 알아. 니가 발음을 너무 세게 해서 진짜 똥으로 들었다니까?"

권오현이 몇 번이나 사과를 하자 나채환이 입을 연다.

"나도 똥으로 들었다."

저 개 한 마리, 내 편 해야지, 닭한테 홀랑 넘어가다니.

계속 구시렁구시렁 대던 진유청이 침대 가장자리로 꿈틀거리며 기어가 팔을 뻗어 어제 칙칙한 분위기에 놀라 던져둔 뒤 지금까지 방치하고 있던 것을 집어 들어 권오현에게 내민다.

"이게 뭐야?"

권오현이 이상한 듯 묻자 진유청이 여전히 이불을 푹 뒤집어쓴 자세로 입을 연다.

"강 교두꺼. 너 강 교두한테 오지게 찍혔다며."

"뇌물? 강 교두님은 그런 거 안 받으시잖아."

다른 교두들은 이런저런 명목으로 수련생들을 뜯어내거나, 아니면 일부러 가져오라 닦달하진 않더라도 갖다 주면 좋아는 하는데, 강 교두는 그런 게 없었다.

"내가 안 될 걸 된다 하겠냐? 일단 풀어 나 봐."

손에 든 꾸러미를 흔들었더니 무게도 가볍고, 대체 뭐가 들었나 감이 안 온다.

권오현이 보자기를 풀고 내용물을 확인하자 찻잎이 들어 있는 통이 들어 있었다.

"강 교두가 별로 그래 보이진 않지만 차를 엄청 좋아한다. 다른 건 몰라도 찻잎은 절대 거절 안 할걸. 네가 함께 차라도 한 잔 마시면서 잠시 얘기 나눌 수 있냐고 물어보며 건네면 말야."

진유청은 일단 그렇게 잠시 시간을 얻어서 함께 차를 마시라 했다. 그리고 차를 마시며 강 교두에게 권오현 자신은 죽어라 열심히 하고 또 하겠다고, 재능이 없으면 노력이 나의 재능이었다 말할 수 있을 만큼 수련하겠다고 얘기하라며 해야 할 말과 하지 않아야 할 말까지 자세히 설명해 줬다.

"와아……. 대단해, 유청아!"

저 눈빛은 마치, 자신의 물고기들이 자신이 뭘 하건 '대장은 대단해, 대장은 최고야'를 연발했을 때와 똑같다.

"진짜 그런 걸 어떻게 알았냐?"

정한수도 놀라운지 눈을 번쩍번쩍 빛내며 진유청을 바라보고 있다.

"다 아는 수가 있다."

강 교두가 애들이 뭐 가져가면 다 내치자, 어떤 놈 하나가 오기가 생겨서 오만 가지 별의별 것을 다 보낸 적이 있었다.

그중 돌아오지 않은 딱 한 가지가 바로 질 좋은 찻잎이었던 것이다.

아직 일어나지 않은 일이니 이 녀석들이 알 리가 없지.

"어떻게, 어떻게? 궁금해!"

정한수가 진유청에게 찰싹 달라붙어 귀찮게 군다.

이 녀석을 보니 화산파 대장로라는 그 노망난 노인네가 새삼 떠올라서 울화가 치미는 관계로……

"잠이나 잘란다."

진유청이 눈을 감았다.

"유청아아!"

퍼억!

"시끄러."

광견과 소견이 간만에 으르렁거리며 한판 붙고, 권오현은 찻잎이 들어 있는 통을 품에 안고 진유청을 힐끔거리며 휙찍 웃있나.

# 第七章

# 십 년 만의 대련

“아버님.”

밖에서 들려오는 진이현의 목소리에 진호철이 대답했다.

“들어오너라.”

진이현이 조용히 문을 열고 들어와 손에 들고 있던 종이 뭉치를 내려놓는다.

“요즘 수련은 할 만한 게냐. 내가 맡긴 일을 처리할 때를 제외하면 대부분의 시간을 연무장에서 보낸다고 하던데.”

“강호행에서 얻은 것이 적지 않아, 완전히 제 것으로 소화하기 위해 수련 시간을 늘렸습니다.”

묻는 것에 대한 대답만 딱딱 하는 것이, 아무래도 큰아들

은 아직도 유청이를 무림학관에 보내는 데 찬성한 일로 자
신에게 삐쳐 있는 모양이었다.

"이현아."

"네, 아버님."

유청이가 무림학관으로 간 지 얼마나 됐다고 진가장이
휑하다.

제 녀석만 허전한 게 아닐 텐데, 아비 생각은 안 해 주는
게 야속하다.

그렇다고 아들 앞에서 체통 없이 자기 입으로 주절주절
자신의 섭섭함을 이야기하기도 뭐하지 않나.

그래서 진호철이 선택한 방법은…….

"옜다."

다익.

진호철이 새로운 종이 한 뭉치를 탁자 위에 올려놓는다.

이게 뭐냐고 묻는 듯한 아들의 눈빛에 진호철이 한결 기
분이 나아진 목소리로 대답했다.

"일거리다."

"좀 전에 이 정도 높이의 서류를 넘겨 드린 것 같습니다
만."

"그건 이제 처리된 거고, 이건 이제 처리해야 할 것."

냉기가 풀풀 풍기는 큰아들이 아무 말 못 하고 서류 뭉치
만 노려보는 걸 보니, 왜 이리 속이 시원한지.

“이건 정당하지 않습니다.”

“뭐가 정당하지 않다는 게냐.”

진호철이 의자에 깊숙이 등을 묻으며 검지로 귀를 후벼 판다.

꼭 자신의 둘째 아들처럼.

“제게 마음 상하신 일을 이렇게 풀고 계신 것 아니십니 까.”

타앙!

진호철이 탁자를 손바닥으로 내리쳤다.

“너는 이 아비가 그런 걸로 화풀이나 하기 위해 중요한 안건들을 너에게 처리하라 맡긴 줄 아느냐! 내가 얼마나 우 습게 보였으면 네가 그런 생각을 할까!”

진호철이 노기로 눈가를 파르르 떨자 진이현이 급히 머 리를 숙였다.

“제가 말을 잘못하였습니다.”

“알면 됐다.”

고개를 숙인 아들을 힐끔 바라본 뒤 진호철이 ‘픕’ 하고 소리 없이 웃음을 터트린다.

뺀질거리기 이를 데 없었던 둘째 아들에게도 통했던 거 니, 이현이가 낚이는 건 당연하다.

진호철이 만족스러운 얼굴로 엄지와 검지를 벌려 턱 선 을 따라 수염을 쓸어내릴 때, 바닥을 내려다보고 있는 진이현은 나직하게 한숨을 내쉬었다.

기가 발달할 대로 발달하여 주위 기척이 손바닥 안에 쥐어져 있는 모양으로 잘 느껴지는 진이현이 아버지가 소리를 내진 않았으나 가늘게 웃고 있음을 모를 리가 없다.

하지만 한편으론 이렇게나마 아버지가 웃으실 수 있어 다행이란 생각이 들었다.

유청이가 학관에 간 이후, 식사 시간은 물론 진가장의 대소사나 동심회에 대한 이야기를 나눌 때도 웃음소리가 흘러나온 적이 거의 없기 때문이다.

아무 말없이 고개를 들지 못하고 있는 아들을 보니 진호철은 자신이 너무했나 싶어졌다.

"오랜만에 대련이나 한번 하겠느냐."

진호철의 능력으론 하늘의 별처럼 찬란한 아들의 재능을 감싸 안을 수 없다는 걸 깨달은 이후부터 점점 더 뜸해진 대련은 유청이가 자라 제 형을 졸졸 따라다니기 시작하면서부터 아예 그만뒀다.

"네?"

이번만큼은 진이현도 놀랐는지 고개를 번쩍 든다.

"설마 네가 아무리 그래도 이 아비를 두드려 패진 않겠지. 그렇지 않느냐?"

피식 웃으며 말하는 아버지를 보니 진이현도 웃음이 난다.

"제가 얼마나 자랐는지 아버지께 자랑을 하려면 전력을
다해 검을 휘둘러야 하지 않겠습니까?"

"그냥 하지 말까?"

진호철이 슬쩍 발을 빼는 시늉을 하자 진이현이 고개를
저었다.

"가르쳐 주십시오, 진짜 진가장의 검을."

진호철이 오랜만에 자신의 애검을 손에 들었다.

진이현은 아버지와 검을 나란히 들고 있으니 마음이 들
떴다.

마치 열 살 어린아이 때처럼 말이다.

고지식한 성격에 엄격하게 훈육하는 게 자식을 사랑하는
방법이라 여겼던 아버지와, 감정을 느끼고 표현하는 것에
서툴러 찬기만 쌩쌩 불던 꼬마였던 자신은, 오직 검을 맞대
거나 가르침을 받을 때만이 어색하지 않게 함께 있을 수 있
는 유일한 시간이었다.

한데 어느 순간 아버지는 더 이상 자식에게 가르쳐 줄 게
없음을 깨달으신 거다.

그때 아버지의 심정이 어땠을지는 상상도 가지 않는다.

그리고 유청이가 태어나고 다시 열 해가 지난 지금.

아버지는 다시 검을 잡고 자신 앞에 서 계신다.

은은한 미소를 얼굴에 그리고, 사랑하는 감정을 숨기지 않고 내보이시면서.

이제 검을 맞대지 않아도 아버지와의 관계가 어색하지 않지만…… 그래도 이 순간이 가슴 깊이 소중하게 느껴지는 건, 다신 오지 않을 수도 있었던 시간이 자신 앞에 기적처럼 펼쳐졌기 때문이다.

"봐 드리지 않을 겁니다."

진이현의 말에 진호철이 호기롭게 대답했다.

"이 녀석아, 내가 안 봐줄 거다!"

"그럼 갑니다, 아버지!"

진이현이 먼저 선공했다.

어린 진이현이 연무장 위를 달린다. 그의 눈에 보이는 건 십 년 전 아버지의 얼굴이다.

진이현이 입가를 부드럽게 말아 올렸다.


진호철의 검은 무겁고 장중했다.

진가장 특유의 중검이 공간을 부수며 진이현을 향해 짓쳐 든다.

진이현은 몸을 뒤로 물리며 자신의 검을 흩뿌렸다.

파바바박!

진호철이 지면을 박차고 뛰어올라 공격을 피한 뒤 내려서

자마자 다시 한 번 더 도약하여 검을 수직으로 내리찍는다.

쉬이익!

진이현이 검을 가로로 들어 올려 바람 찢는 소리와 함께 정수리로 향하는 아버지의 검을 막아 낸다.

까가가강!

검날이 서로를 긁어내리며 기괴한 소리를 냈다.

진호철이 자신의 무게를 더해 내리찍는 검에 힘을 보태자 진이현의 팔이 조금 낮아졌다.

“네 얼굴에 칼자국이라도 냈다간 유청이 고 녀석이 나를 잡아먹으려 들 테니, 지금이라도 항복 하는 게 어떠냐?”

진이현이 자신을 내리찍는 아버지를 뿌리치기 위해 온힘을 다해 검을 바깥쪽으로 꺾었다.

“유청이는 제가 지는 걸 더 속상해할 것 같습니다, 아버지.”

카앙!

날카로운 소리와 함께 진호철의 검이 밀려나며 그의 몸이 함께 쏠렸다.

하나 진호철은 당황하지 않았다.

다시 거리를 벌린 뒤 자세를 다잡고, 이번엔 그가 먼저 공격한다.

쇄애액!

진호철의 검에 실린 힘이 한층 강해졌다.

채앵!

검을 쳐 내는 진이현의 손이 희미하게 떨린다.

아버지는 자신과의 대련은 그만두셨지만 검을 포기하진 않으셨던 모양이었다.

이건 오래도록 쉬었던 자의 무뎌진 검이 아니다. 바로 어제도 검날을 다듬고, 검을 휘둘렀던 자의 예리함이 깃들어 있는 검이다.

쉭, 쉬익!

바람을 가르는 소리가 연무장을 흔든다.

진이현은 아버지와 같은 진가장의 검을 썼다. 무겁고 장중하며, 도도하게 흐르는 기운.

몇 번을 더 부딪쳤다가 떨어져 나가며 두 사람의 온몸이 땀에 흠뻑 짖었을 때, 두 사람이 서로 눈짓을 했다.

마지막 공격이다.

서로 거리를 벌린 두 사람이 고개를 끄덕인 뒤 검을 측면으로 비켜 세운 채 중앙을 향해 달렸다.

콰아앙!

무거움과 무거움이 부딪치며 바람이 부서졌다.


"후우, 후우."

진호철이 거친 호흡을 고른다.

그런 아버지와 어깨를 나란히 하고 구덩이 앞에 앉아 있는 진이현의 호흡은 흐트러지지 않았다.

진호철이 아들을 물끄러미 바라보다 중얼거린다.

"유청이 녀석처럼 엉덩이에 불이 나게 때려 줄 수도 없고……."

"저 말입니까?"

진이현이 아버지를 돌아본다.

"그래."

진이현이 처음부터 전력을 다하지 않고 마지막 격돌에는 오히려 힘을 빼고 검을 부딪쳤다는 걸 진호철이 모를 리가 없다.

열 살 때 가진 재능만으로도 제 아비 기를 죽인 녀석이 그렇게 강해지려 노력하고도 스무 살이 돼서 검술이 퇴보할 리는 없지 않은가.

"자꾸 그러면 앞으로 대련해 주지 않을 게다."

진호철의 말에 진이현이 조금 놀란다. 그리고 기대하는 얼굴로 입을 열었다.

"계속 대련, 해 주시려 하셨습니까?"

진호철이 고개를 끄덕이자 진이현의 눈매가 따스하게 풀린다.

"그럼 이제 제대로 좀 보여 봐라."

"뭘 말입니까?"

"네 녀석이 얻은 것. 얼마나 좋은 깨달음을 얻었기에

연무장에 틀어박혀 나오질 않는지 이 아비에게도 보여다
오.”

어느 정도 농과 질책이 섞인 진호철의 말에 진이현이 검
을 들고 일어나 연무장 한가운데로 갔다.


진가장 특유의 무거운 중검이 무게를 벗고 자유롭게 하
늘을 난다.

힘으로 세상을 누르지만 날카롭게 찢지 않고, 한 점 먼지
로 부숴 버리는 광포함을 바람에 숨긴다.

“아아…….”

진호철이 저도 모르게 감탄성을 뱉어 냈다.

저것은 진가장의 검이 맞되, 또한 전혀 다른 새로운 검이
나.

좀 더 나아가고, 많이 달라졌으나 그 기틀엔 진가장의 가
전 무공이 있었다.

하나 더욱 놀라운 일은 그다음에 벌어졌다.

“허억!”

진호철은 자신이 헛것을 봤는지 알았다.

눈을 부비고 숨도 몇 번 다시 들이마셨다 뱉어 보고, 고
개를 세차게 흔들어도 봤다.

그런데도…… 그대로다.

“아들아.”

진이현이 대답은 하지 못하고 시선을 아버지에게로 향한
다.

"내가 미친 게 아니라면 그것은 검기더냐."

진이현은 대답 대신 검을 휘감고 아지랑이 피듯 피어오
르는 투명한 푸른빛 기운을 더욱 강하게 뿜어냈다.

검기!

수많은 검사들의 꿈이자, 강호에서 내로라하는 고수들만
이 사용할 수 있는 절정의 경지!

이제 스무 살이 된 자신의 아들이 절정의 경지에 들어 고
수가 된 것이다.

"네 동생이 보면 참으로 좋아했을 터인데."

"유청이라면 푸른색만 되냐고, 붉은색은 왜 안 되는 거
냐고 물어볼 것 같습니다."

검기를 없애고 아버지에게 다가가며 진이현이 말했다.

진호철과 대련을 했을 때와는 다르게 눈에 띄게 지쳐 보
인다.

"장하다."

"모두 아버님과 유청이 덕분입니다."

진이현이 겸양한다.

"그래. 사실 유청이와 내가 네 뒷바라지를 열심히 하긴
했다."

특히나 유청이는 정말 형을 위해 많은 노력을 했고, 그

결과 또한 대단했다.

"저는 제가 유청이 뒷바라지를 하기 위해 이렇게 열심히 하고 있다고 생각했었는데……. 아닙니까?"

아들의 말에 진호철이 크게 웃는다.

"하하하, 그럴 수도 있겠구나."

모두들 입을 모아 말하길, 뭘 해도 크게 될 거라는 우리 유청이는 사실 학문도 별로, 무공도 별로…….

그런데 스물에 검기까지 쓰는 제 형까지 스스로를 유청이 그 녀석 뒷바라지할 수준밖에 되지 않는다 하니…….

너무 잘난 아들들을 둔 것도 괴롭다니까.

종종 생각하는 것이긴 하지만, 이번엔 다른 때와 다르게 곤혹스러움보단 진한 미소가 먼저 그려진다.

진효철은 사실 너무 잘난 두 아들들이 있어 행복했다.


◕            ◕            ◕


"진유청, 이 자식……!"

이를 으득 갈며 진유청의 이름을 부르는 이는 남궁혁이다.

남궁철민에게 시켜 진유청에게 압박을 주어 자신을 찾아오게 만들라고 했더니만, 남궁철민이 그 일을 맡겼다는 고두희가 강제 퇴관당하는 걸로 결론이 났다.

자존심이 상하고, 마음에도 없는 일을 하려니 더 죽을 맛이라 짜증이 솟구친다.

"그 멍청한 자식은 어떻게 일을 처리했기에 내가 그런 일을 시켰다는 사실이 사람들 입에 오르내린단 말이냐."

어쩌면 큰형 남궁민은 진유청 그 자식과 얽혀 좋은 꼴 보지 못할 거란 걸 알고 자신을 진창에 처박은 건 아닐까 하는 생각까지 든다.

그 사람이 자신에게 그만큼 신경 쓸 리가 없다는 걸 알면서도 말이다.

"네가 감히 내 면전에서도 날 그리 무시할 수 있는지 보겠다."

"형님, 참으십시오. 어찌 그런 천박한 놈과 같은 바닥에 서시려 하십니까. 제가 이번엔 하방에 있는 친구들 중 쓸 만한 아이들과 함께 직접 나서겠습니다."

남궁철민이 남궁혁을 말린다.

남궁철민은 자기가 한 일이 실패했기에 만회할 수 있는 기회를 노렸다.

게다가 전해 들은 바에 의하면 진유청은 절대 만만한 상대가 아니건만 자신의 사촌 형님은 절대 그 사실을 인정하지 않을 게 분명했기 때문이다.

"너는 이미 한 번의 기회를 썼다."

남궁혁이 남궁철민을 싸늘한 눈으로 쏘아본다.

“최선이 있다면 어째서 처음에 그것을 선택하지 않았느냐. 네가 내 명을 확실히 이행할 생각이었다면, 그래야 했다.”

남궁혁의 말에 남궁철민은 뭐라 반박하지 못하고 입을 닫았다.

◑　　　◑　　　◑

“정한수, 거기서 뭐하냐!”

퍼억!

나채환이 오른발을 높이 들어 올려 정한수의 등짝에 발자국을 찍는다.

또래보다 조금 작은 정한수의 상체가 크게 휘청거렸디.

“저 지식은 왜 서 버릇은 안 고쳐지지? 진짜 저게 인사라고 생각하는 건 아닐 텐데.”

나채환의 기척이 느껴지자마자 슬쩍 상체를 비틀었던 진유청이 고개를 설레설레 흔들며 혼잣말을 했다.

정한수는 상체를 다시 세운 뒤 몸을 돌려 자연스레 나채환의 어깨에 손을 올리며 목을 한 팔로 끌어안는다.

진유청 자신은 아직도 포기하지 못했지만 정한수는 이제 거의 체념 상태인 건가.

아닌가 보다. 저건, 목을 끌어안는 게 아니라…… 조, 조르고 있다?

"인사를 발이 아니라 손으로 하면 얼마나 좋을까."

정한수의 중얼거림이 진유청의 귀에 들려온다.

정한수, 너도 싫었던 거 맞지?

하긴 등짝에 발자국 찍히는 인사를 좋아할 사람이 세상에 어디 있을까.

진유청이 격하게 동의하긴 하지만 그 손 좀 얼른 풀어 줘라.

나채환의 얼굴이 하얗게 질려 팔을 허우적대고 있는 걸로 봐선 정한수의 손에 힘이 꽤나 들어가 있는 듯했다.

"야, 야! 그러다 애 잡겠다!"

진유청이 겨우 뜯어말린 후에야 정한수가 나채환의 목을 풀어 준다.

"오현이는?"

"할 거 있어서 좀 늦는다고, 먼저 가서 먹고 있으래."

"그래, 그럼 밥 먹으면서 기다리자."

하노의 간식도 맛있지만, 사람이 밥을 잘 챙겨 먹어야지.

진유청이 아이들과 함께 급식소로 갔다.


밥을 먹는 동안에도 나채환과 정한수는 으르렁댔다.

"밥 좀 먹자, 밥 좀!"

아무래도 나채환은 얼마 전 정한수가 '어쩌면 사부님이 화산으로 돌아가실지도 모른다' 며 '자신도 사부님을 쫓아

화산으로 가야 할 것 같다'고 얘기한 게 마음에 들지 않는 모양이었다.

불만이 쌓이니 인사가 두 배가 되고, 정한수라고 녹록하게 받아 줄 성격은 아니니, 결국 둘은 얼굴만 맞대면 싸우는 형국이 됐다.

진유청이 괴로워하면서도 꾸역꾸역 밥을 먹고 있을 때, 갑자기 급식소 안이 조용해졌다.

이번엔 또 무슨 일이지?

입구를 바라보던 진유청의 얼굴도 흐릿하게 일그러진다.

내 배때기 쑤셨던 놈이랑 밥도 같이 먹어야 하나?

보통 하방 녀석들은 급식소에서 밥 안 먹고 자기들 입맛에 맞는 걸 주문할 수 있는 객점으로 가던지, 아니면 하방에 비해 녹사가 월등히 많은 상방이나 중방 아이들이 먹기 전후의 조용한 시간을 이용하는데…….

남궁혁은 급식소 안을 둘러보더니 진유청을 향해 눈을 고정한다.

녀석이 목표로 하는 이가 누구인지 선명히 드러났다.

살기가 얹어진 눈빛에 먼저 반응한 건 정한수다.

타악!

일부러 소리 나게 젓가락을 탁자 위에 내려놓은 정한수가 남궁혁을 향해 이를 드러낸다.

"난 밥 먹을 때 누가 쳐다보는 게 제일 싫더라. 넌 어때?"

마지막 말은 남궁혁이 아닌 광견 나채환에게 동의를 구하며 묻는다.

아무리 서로 아옹다옹하며 다투던 중이지만 그래도 친구 아닌가.

하지만 나채환은 고개를 휙 돌리며 정한수를 외면했다.

가볍게 무시당한 정한수가 초승달처럼 휜 가는 눈매 사이로 접힌 눈동자를 번뜩인다.

이, 이 자식이 저 남궁혁보다 내가 더 마음에 안 든다 이 거지?

정한수가 치미는 화를 억지로 삭이고 있을 때, 남궁혁이 탁자로 다가와 세 아이들의 머리 위로 그림자를 드리웠다.

거의 혼자 있을 때가 없는 진유청이지만 그래도 광견과 소견을 피하려면 피할 수도 있었다.

그러나 남궁혁은 그러지 않았다. 자신이 저런 놈들이 없을 때를 노려 진유청에게 접근해야 한다는 사실도 자존심 상했고 진유청이 저들이 있음에도 자신을 따라와야 진짜 이긴 거라고 생각했기 때문이다.

"여러 번 하방으로 초대를 했는데도 계속 거절하기에 내가 직접 왔다."

남궁혁이 최대한 예의를 차려 정중한 어조로 말했다.

“헉!”

고요한 공기를 뒤흔들며 헛바람 삼키는 소리가 여기저기서 터져 나온다.

그만큼 남궁혁의 말은 그답지 않게 파격적인 데가 있었다.

“여기 앉아도 되겠지?”

남궁혁은 대답을 기다리지 않고 비어 있는 자리에 앉으려 했다.

진유청의 곁엔 소견 정한수가 찰싹 달라붙어 있고, 정한수의 맞은편엔 광견 나채환이 있었기에 앉을 수 있는 곳이 거기밖에 없었다.

하나.

쾨딩딩!

남궁혁은 제 뜻대로 할 수가 없었다.

남궁혁이 앉으려 했던 자리의 의자를 나채환이 발로 걸어차 넘어트렸기 때문이다.

한발 늦었군.

진유청이 들어 올렸던 발을 슬그머니 내려놓았다.

“어쩌나, 자리가 없어졌네?”

남궁혁에게 하는 말이 아니다. 그냥 혼잣말처럼 중얼거린다. 충분히 남궁혁도 들을 수 있는 정도의 목소리로.

중인환시에 모욕을 당하자 남궁혁이 몸을 부르르 떤다.

자신의 면전에 대고 침을 뱉은 것과 같았다.

"어어어?"

마침 다른 아이들보다 늦게 급식소에 들어오던 권오현이 이상한 분위기에 얼어붙는다.

"오현아."

진유청이 권오현을 손짓으로 부른다.

권오현은 당장 누구 하나 찢어 죽일 것 같은 분위기를 풍기는 남궁혁의 근처론 가고 싶지 않았다.

"의, 의자가 없네? 나는 그냥 밥 안 먹어도 돼."

권오현의 말에 진유청이 고개를 갸웃거리며 대답했다.

"의자, 여기 있어."

좀 전에 나동그라진 의자가 바닥에 굴러다닌다.

"고귀하신 남궁세가 삼공자님은 바닥에 굴렀던 의자 같은 거엔 안 앉으실 테지만……. 너도 그런 거 따지냐?"

진유청이 눈가를 살짝 추켜올리며 묻는 말에 권오현이 고갤 저었다.

"그, 그럴 리가."

자신이 무슨 왕후장상이라고 땅에 떨어진 밥알 주워 먹는 것도 아니고 바닥에 구른 의자가 더럽다고 안 앉겠다고 하겠나.

하지만 남궁혁에겐 권오현의 순수한 마음이 제대로 전해지지 않은 듯했다.

한층 험악해진 눈빛이 권오현에게 쏟아졌으니까.

"빨리 와."

진유청과 친구들이 부르자 권오현이 내키지 않는 걸음을 옮긴다.

그리고 최대한 남궁혁에게서 멀찍이 돌아 친구들이 있는 탁자로 갔다.

진유청이 어느새 의자를 주워다 제대로 세워 둔 터라 권오현은 그냥 앉기만 하면 됐다.

"후회할 거다."

남궁혁의 말에 진유청이 대답했다.

"그 후회는 벌써 누가 써먹은 말인데. 그 녀석은 지금 학관에 없고 말이야."

고누희 얘기다.

"나는 그런 쓰레기 같은 놈과는 다르다. 네가 오늘 부린 객기 한 번이 네 인생에 얼마나 큰 암운을 몰고 올지에 대해 내 똑똑히 가르쳐 주도록 하지."

남궁혁이 창백한 낯빛으로 얘기한 뒤 급식소를 나갔다.

그가 나간 이후에도 급식소엔 여전히 침묵이 감돈다.

"이번엔 남궁혁이야?"

너네는 시비 붙는 사람 폭이 참 넓고도 다양하구나, 라고 생각하는 권오현의 안색이 붉으락푸르락하다.

고두희가 그랬듯 남궁혁이 진유청과 친구들의 가장 큰

약점을 먼저 헤집는다면…….

"밥, 갖다 줄까?"

"많이 먹고 힘내."

친구들의 위로는 전혀라고 해도 좋을 만큼 쓸모가 없었
다.

# 第八章

## 경찬이의 피곤한 하루

"형부상서 이청강과 그 아들 이경찬 들었습니다!"

대전 입구를 지키는 환관이 가늘게 떨리는 목소리로 크게 외친다.

황제 주찬성이 대전 입구를 향해 시선을 주었다.

"영명하신 폐하를 뵈옵니다."

이청강이 엎드려 예를 취하자 이경찬도 격식에 맞춰 차가운 바닥에 이마를 댔다.

"형부상서와 그 아들은 일어나라."

"황공하옵니다."

이청강과 이경찬이 조심스레 몸을 일으켰다.

"자주자주 들르라 했더니, 자네는 내가 꼭 불러들여야만 얼굴을 비추는군."

주찬성이 나직하게 웃으며 하는 말에 이청강의 몸이 굳는다.

"송구스럽사옵니다."

대전 안에 차가운 공기가 내리깔린다.

황제 주찬성은 뛰어난 군주였으나, 화가 났을 땐 폭풍 같고 변덕이 심해 좀 전에 좋았던 게 지금도 좋다는 법이 없는 이였다.

"하하, 농이네. 내 자네를 아껴 하남에서부터 불러들였는 데도 멀리 있는 사람과 다를 바가 없기에 한번 해 본 소리네."

황제에게 그냥 해 보는 말 같은 건 없다.

황세가 그렇다고 해도, 그 신하까지 그렇다고 생각해선 안 되는 것이다.

"앞으론 자주 입궁하여 폐하의 용안을 뵈옵겠나이다."

이청강의 말에 주찬성이 손사래를 쳤다.

"그냥 해 본 말이라니까 그러네."

하지만 그럴 필요 없단 말은 하지 않는다.

"자네 뒤에 있는 그 아이가 신동이라 소문이 자자한 자네의 아들인가."

"네, 그렇사옵니다."

황제 주찬성의 눈빛이 이경찬을 향해 쏟아지자, 이경찬

은 온몸을 옥죄는 압박감을 느꼈다.

"이……경찬이라 하옵니다, 폐하."

이경찬이 최대한 평정을 유지하려 애쓰며 또박또박 자신에 대해 얘기한다.

"네 성품이 곧고 자질이 뛰어나다 하여 노 대신들 사이에 얘기가 많더구나."

"많은 분들께서 잘 보아주신 덕분이옵니다."

황제는 자신 앞에서 기죽지 않고 제 할 말을 이어 가는 이경찬이 꽤나 마음에 들었다.

"이제 자네보다 자네 아들이 더 보고 싶어질 것 같으니, 입궁할 때마다 꼭 저 아이를 데려오게. 태자에게 또래의 좋은 친구를 만들어 주고 싶으니."

"아직 부족한 것이 많은 아이라……."

만약 경찬이 자주 입궁하여 황태자의 친구가 되면, 경찬이의 앞날에 큰 도움이 될 건 확실했다.

하지만 그만큼 주목과 시기의 대상이 될 게 분명할 터.

북경에 온 이후, 이청강은 보다 의욕적으로 자신이 원하는 일을 추진하고 처리할 수 있었지만 늦은 밤 편하게 술 한잔할 수 있는 친구는 만날 수 없었다.

이경찬도 진가장에 머물며 산으로 들로 뛰어다니던 생활을 그만두고 방에서 책만 읽느라 얼굴이 더 하얘졌다.

북경에 와서 제 세상을 만난 듯 좋아하는 사람은 이청강의 부인이자 이경찬의 어머니인 강소연뿐이었다.

"자네는 내 보는 눈을 의심하는군. 아니면 아들을 입궁시키고 싶지 않아 그런가."

나직하게 울려 퍼지는 목소리에 이청강이 입술을 깨물더니 머리를 숙였다.

"그럴 리가 있겠사옵니까, 폐하. 다만 아직 예를 다 알지 못하는 어린아이인지라 태자 전하 앞에서 실수나 하지 않을까 염려되어 그런 것뿐이니 노여워 마시옵소서."

황제에게서 대답이 들려오지 않는다. 아무래도 황제의 뜻을 거절한 이청강으로 인해 심기가 불편해진 모양이었다.

"폐하, 그렇지 않아도 하남에서 북경으로 오며 저도 적적하고 외로웠나이다. 태자 전하께서 폐하의 영명하심을 그대로 이어받아 총명하시고 쾌활하시다는 애기는 들었던 적이 있는지라 꼭 한 번 뵙고 싶었사온데, 이렇게 기회를 주시니 감사할 따름이옵니다."

이경찬이 허리를 깊숙이 숙이며 말했다.

주찬성이 이경찬을 물끄러미 바라본다.

"너는 내 생각보다 더 쓸 만한 녀석으로 자라겠구나."

"폐하와 이 나라를 위해서 목숨을 바치겠나이다."

이경찬의 말에 주찬성이 크게 웃었다.

"하하하! 자네는 아들에게 나에 대해 뭐라 했기에 저 어린아이가 자네를 곤경에서 구하겠다고 나서서 제 목숨까지 걸게 만들었는가.”

이청강의 얼굴에 난감한 빛이 감돈다.

하나 황제를 오랫동안 모신 이청강으로서도 몇 번 보지 못한 환한 얼굴과 목소리에 안심한다.

“입궁하면 태자만 찾지 말고 나에게도 종종 놀러 오려무나.”

“네, 폐하.”

“그럼 나가 보라. 해 태감이 너를 태자에게 안내할 것이다.”

“네, 이만 물러가겠사옵니다.”

이경찬이 깊숙이 읍을 한 뒤 소리 내지 않으려 애쓰며 대전 바닥에 발을 디뎠다.

“내 자네를 부른 건, 자네 얼굴도 볼 겸하여 한 가지 애기할 게 있기 때문이네.”

“경청하겠사옵니다, 폐하.”

“환성이 상단을 만든 애기에 대해선 자네도 들었겠지?”

“네, 폐하.”


대전 입구를 향하는 이경찬의 등 뒤에서 아버지와 황제의 대화가 흐릿하게 들려온다.

환성이 누구길래 폐하께서 한낱 상단에 신경을 쓰실까?

이경찬이 고개를 갸웃거릴 때, 흰 분을 두껍게 칠해 얼굴에 주름을 감춘 환관이 이경찬에게 말했다.

"가시지요."

이경찬이 환성이란 사람에 대해 잊고 해 공공이라 불린 환관의 뒤를 쫓는다.

오늘 처음 본 황제 폐하는, 자신들의 대장인 유청이보다 열 배는 성격이 안 좋을 거 같았다.

아버지가 고생하시겠다.

하지만 자신도 그런 황제 폐하를 꼭 닮았다 평가받는 황태자 전하를 뵈러 가는 길이니…….

"휴우."

한숨이 나온다.

하남의 하늘과 똑같은 청명한 하늘이 왜 황궁 위에선 저토록 멀리 느껴실까.

이경찬은 불현듯 오늘 하루가 제법 피곤할 것 같다는 생각을 했다.

　　　◑　　　◑　　　◑

해 공공은 이경찬이 제대로 따라오는지 처음에 몇 번 뒤를 힐끔거리며 확인을 한 뒤로는 한 번도 발을 멈추지 않고 쭉쭉 나아갔다.

노인네가 기력도 좋다, 라고 생각했지만 흰 분에 붉은 입술연지까지 칠하며 젊어지고자 노력하니 어쩌면 당연할지도 모르겠다 싶다.

이경찬은 해 공공을 놓치지 않으려 열심히 걸음을 내딛었다.

어디선가 흐릿한 울음소리가 들리기 전까진.

"흐윽……."

이경찬의 귀가 쫑긋거렸다.

잘못 들었나?

"그만하세요……."

아니군, 제대로 들은 거 맞다.

이경찬이 점점 멀어지는 해 공공의 등과 난데없는 울음소리 사이에서 갈등한다.

"저기, 잠시만요!"

이경찬이 해 공공을 부르지만 해 공공은 듣지 못한 듯 걸음을 멈추지 않았다.

이경찬은 아무래도 좀 전의 울음소리가 신경이 쓰여 잠시 걸음을 늦췄다.

그리고 고개를 갸웃거리며 주변을 둘러보다 해 공공이 어디쯤 갔는지 확인하기 위해 고개를 들었는데…….

"해 공공?"

해 공공의 모습이 보이지 않는다.

"어쩌지……."

이 넓은 황궁에서 길을 잃다니, 곤란하다.

어쩔 줄 몰라하는 이경찬의 귀에 또다시 울음소리가 들려오자 '에이, 모르겠다!' 속으로 투덜거린 이경찬이 소리가 들려온 쪽으로 발을 내딛었다.

◐　　◐　　◐

황태자궁으로 향하던 큰길에서 옆으로 갈라지는 길을 따라 몇 발짝 걸어 들어가니 화려하나 과하지 않게 꾸며진 작은 정원이 나왔다.

정원 한가운데에 질 좋은 비단옷을 입은 아이들이 원을 그리며 서 있다.

이경찬이 까치말을 하고 목을 거북이처럼 늘여 아이들이 집중하고 있는 가운데에 뭐가 있는지를 봤다.

"헉!"

이경찬의 눈이 커졌다.

웬 작은 아이 하나가 제 덩치보다 두 배는 큰 소년들 틈바구니에 끼어 괴롭힘을 당하고 있었다.

"뭐하는 거야!"

이경찬이 다른 걸 생각할 겨를도 없이 눈살을 찌푸리며 외쳤다.

갑작스런 외침에 아이들이 고개를 돌려 이경찬을 바라

본다.

빼곡하게 서 있던 아이들이 몸을 트느라 틈이 벌어지니 가운데에 쭈그리고 앉아 있던 아이가 확실히 보였다.

"괜찮아?"

이경찬이 아이에게 말을 걸었다.

여기저기 굴렀는지 온통 흙투성이에 눈물범벅이 된 얼굴을 손등으로 부비는 꼬맹이를 보니 마음이 안 좋다.

"넌 누구냐."

갑작스럽게 귀에 파고드는 목소리가 굳어 있던 이경찬을 깨운다.

"누군데 감히 황궁을 제멋대로 돌아다니는 게야!"

이경찬보다 두세 살은 많아 보이는 소년 하나가 제일 앞으로 나와 이경찬을 추궁했다.

영준한 얼굴엔 세상을 눈 아래로 보는 오만한 표정이 깃들어 있어 소년의 신분을 짐작하게 했다.

"저는 이경찬이라 하옵니다. 폐하의 명으로 태자 전하를 뵈러 가던 참에 울음소리가 들려 잠시 걸음을 멈추었습니다."

"이경찬?"

소년은 이경찬이란 이름이 낯설었다.

그때 소년의 옆에 있던 이가 조심스레 입을 연다.

"형부상서의 아들입니다."

“그래?”

형부상서 이청강이면 황제 폐하의 총애를 받는 능력이 출중한 신하였다.

제 아비를 닮아 능력 있는 이를 좋아하는 황태자 주태민의 눈매가 누그러진다.

“형부상서는 내 몇 번 본 적이 있지.”

주태민이 좀 전과는 사뭇 다른 분위기로 이경찬에게 물었다.

“너는 어째서 나의 놀이에 갑자기 끼어들어 흥을 깨었느냐.”

놀이? 저게 놀이라고?

이경찬의 눈이 상처투성이 아이를 향한다.

자신과 내상이, 그리고 친구들이 진가장이 좁다 하고 뛰어놀다 웃고 울고, 다퉜을 때…… 눈자위가 새파래지고 대장의 큰 머리에 박치기를 당해 이마에 불이 났을 때…….

아프고 다쳐도 울지 않고 씩씩하게 다시 일어나 덤빌 수 있을 때…….

그게 바로 놀이다.

그만하라고 사정하는 데, 끝나지 않는 것.

그건 놀이가 아니다.

“태자 전하. 제가 본 것은 놀이가 아니라 다수가 약하고 작은 아이를 괴롭히는 광경이었습니다.”

누그러졌던 주태민의 눈매가 다시 날카로워진다.

"감히 누구 앞에서 그런 말을 지껄이는 게냐! 나는 아무 이유 없이 다른 이를 괴롭히지 않는다."

"그렇다면 저 아이의 상처는 무엇 때문이옵니까."

"활쏘기 시합 내기를 했는데 창인이 졌지. 그래서 벌을 받은 거다. 벌 또한 시합에 포함된 놀이가 아니더냐. 나는 상을 내릴 땐 후하고 벌을 내릴 땐 가차 없다."

황태자 주태민은 스스로가 정당하고 공평한 사람이라 생각하는 듯했다.

"저 작고 가는 팔에 활이 제대로 들리기나 하였습니까, 태자 전하? 그것이 공평한 시합이고 합당한 벌입니까?"

"제 녀석이 덜떨어진 건 내 탓이 아니지 않느냐! 어찌 많은 아이들 속에 저 녀석 하나만 따로 챙겨 돌볼 수가 있나. 그것은 또한 다른 아이들이 역으로 차별당하는 것과 마찬가지 아니더냐!"

주태민의 말에 이경찬이 입을 꾹 다문다.

이게 바로 한 나라를 이끌고 백성을 다스릴 황제가 될 고귀한 황족과 일반 사람의 차이일까.

수많은 사람을 다스려야 할 때, 약한 한 명을 배려하느라 다른 이들이 희생해야 하는 건 불공평하다는 게 군주로서 틀린 생각은 아닐 거다.

하지만 이경찬은 한 명 한 명을 보듬어 안았을 때의 따스함을 안다.

자신의 대장은 그렇게 했다.

그리고 그 결과가 어땠나?

더 많은 사람이 행복해질 수 있었다.

물론 대장과 황제의 자리를 비교한다는 것 자체가 어불성설이긴 하지만…… 그런 마음을 가진 이도 있다는 거다.

다른 아이들이 많이 양보하지 않아도, 그냥 한 발짝만 물러나 약한 아이를 배려해도…… 모두 같이 웃을 수 있다는 거다.

"어찌 대답이 없나!"

주태민이 언성을 높인다.

"형부상서의 자식인 이경찬은 내가 틀렸는지에 대해 답하라!"

이경찬이 황태자의 눈을 직시했다.

그리고 최대한 공손하게, 하지만 자신의 생각을 담아 말했다.

"태자 전하께선 틀리지 않으셨습니다만……."

"틀리진 않았지만?"

뒤에 이어질 말이 더 있다는 걸 안 주태민이 팔짱을 끼며 말을 받는다.

"그것은 최선은 될 수 있지만 최고는 될 수 없을 겁니다."

주태민의 눈에서 불길이 치솟는다.

"뭐라!"

주태민의 몸에서 고귀한 혈통을 지니고 다른 이의 위에서 본 자만이 가질 수 있는 위압감이 풍겨 나온다.

황태자는 세간에 도는 소문대로 한번 화가 나면 폭풍과 같다는 황제 주찬성을 정말 꼭 빼닮았다.

차가운 긴장이 팽팽하게 당겨지며 이경찬의 등줄기로 식은땀이 주르륵 흐른다.

이경찬은 앞으로 닥칠 일이 두려웠다. 하지만 그래도 아닌 걸 어떻게 그렇다라고 그럴 수가 있단 말인가.

"너, 이경찬이라고 했지?"

황태자의 입이 벌어지며 험한 말이 이어지려 할 때, 부드러운 여자 목소리가 들렸다.

"태자, 여기 있었구나."

"어마마마!"

아무리 황태자라 해도 어머니는 특별한 모양이다.

주태민이 난폭하게 날뛰는 기운을 갈무리하며 나타난 여인에게 다가갔다.

"폐하께서 친히 태자에게 보낸 어린 손님이 사라지고, 태자도 궁에 없다며 해 공공이 정신없이 궁내를 뛰어다니더구나."

황후가 자애로운 미소를 지으며 말하더니, 이경찬에게

시선을 돌린다.

"네가 그 아이더냐."

"네, 황후마마."

이경찬이 공손히 허리를 굽혔다가 편다.

황후는 아름다움보다는 현숙해 보이는 눈동자가 인상적인 사람이었다.

"음?"

이경찬의 눈이 황후의 옆에 서 있는 여자아이를 발견한다.

자신과 또래의 나이에, 황후의 옆에 당당히 서 있을 수 있는 여자아이라면…….

이경찬의 시선을 느꼈는지 여자아이가 눈을 들어 이경찬과 시선을 맞춘다.

예, 예쁘다…….

마치 눈동자 속에 별이 들어 있는 것 같지 않은가.

좀 전의 긴장감은 어디다 내팽개쳤는지 이경찬이 입을 살짝 벌린 채 여자아이에게서 눈을 떼지 못했다.

"태자는 벌써 새 친구를 만난 게로구나."

황후의 말에 주태민이 불쾌한 듯 인상을 찌푸린다.

"친구라니요, 어마마마. 좀 전까지만 해도……."

"그건 이 어미도 보았다."

황후는 마침 태자의 궁으로 가던 참이었기에 해 공공을

만나자마자 황태자가 자주 가는 황태자궁 인근의 후원으로
걸음을 했다.

그리고 낯선 아이 하나가 태자와 대치하고 있는 걸 보았
다.

황후는 뛰어난 황제가 될 재목인 태자가 좋은 황제까지
될 수 있다면 더 바랄 게 없다 여겼기에 이경찬을 눈여겨보
았다.

"나는 저 아이가 태자와 좋은 친구가 될 수 있을 것 같구
나."

황후가 온화하게 미소 지으며 말하자 어머니에게만큼은
한발 물러서는 주태민으로선 더 이상 반발하기가 어려웠다.

"이경찬이라 했느냐."

황후가 이경찬에게 묻지만 이경찬은 아직도 입을 헤 벌
린 채 여자아이를 쳐다보고 있었기에 대답을 하지 못했다.

"경찬이는 서희가 마음에 드나 보구나."

이경찬이 그제야 자신을 바라보는 다른 이들의 시선을
느끼고는 입부터 닫는다.

"너, 너무 예뻐서 그만."

"흥! 황실의 공주를 보고는 예를 차리기는커녕 경박한
행동이나 하는 녀석을 친구로 삼아야 하다니."

황태자가 이죽거리자 이경찬의 얼굴이 붉어진다.

"예서 이러지 말고 궁으로 가자구나. 내 다과를 대접할

터이니."

황후가 아이들을 불러 모았다.

이경찬은 그 와중에도 서희 공주를 힐끔거렸다.

이름도 이쁘구나, 서희 공주라.

여자에 대해 잘 안다고 스스로 주장하던 대장이 자주 했던 말이 있다.

여자가 얼굴 좀 예쁘다고 마냥 잘해 주고, 마음 착해서 다 받아 줄 거 같다고 함부로 대하는 놈은 하수라며, 절대 그런 허술한 짓은 하지 말라고 했다.

사람을 만남에 있어 가장 중요한 건 진심이지만, 사랑을 얻으려면 마음을 움직이는 기술도 필요한 거라고.

……혜 누님한테 꽉 잡혀 살면서 말은 참 잘도 했지, 우리 대장.

이거 대장이 한 말, 그냥 믿어도 되는 거야?

갑자기 의혹이 깃든다.

……그래도 대장이 말한 대로 해서 잘못된 적은 한 번도 없으니까, 한번 믿어 봐?

이경찬의 눈에 굳은 의지가 서렸다.

"요즘 여자애들이 날 보는 시선이 심상치 않아."

진유청의 말에 정한수가 대답했다.

"응, 유청이 널 잡아먹을 것 같더라."

"내가 맛있어 보이나?"

진유청이 씨익 웃으며 자신의 뺨에 손을 댄다.

정한수가 그런 진유청을 보고 혀를 차며 말했다.

"맛과는 전혀 상관이 없는 것 같아."

"쩝……. 니가 봐도 그래?"

진유청이 뺨에 올렸던 손을 조용히 내린다.

혹시나 했는데, 다른 사람이 봐도 정말 그런 모양이다.

"왜 그러지? 내가 뭘 어쨌다고……."

한 칠팔 년만 지나면 능력 좋은 형님과 평생 등쳐 먹기에 부족함이 없을 잘난 친구들을 가진, 그럭저럭 괜찮은 얼굴의 청년으로 자랄 텐데…….

"쳇. 그때 가서 후회해 봐라. 내가 눈이나 한 번 맞춰 주나."

진유청이 콧잔등을 찡그리며 투덜댔다.

"인기 없는 남자의 기약 없는 복수라니, 좀 서글프지 않나?"

정한수의 말에 진유청이 눈을 부릅뜬다.

"내가 왜 인기가 없어!"

진유청이 언성을 높이자 정한수가 더 놀란다.

"그럼 지금까지 유청이 넌 네가 여자애들한테 인기가 있다고 생각했던 거야?”

진심으로?

대체 무슨 근거로!

유청이 니가 인기 있는 건 남궁혁이나 고두희나…… 광견이나…… 새가슴이나…… 으음…….

정한수가 생각을 멈춘다.

왠지 유청이가 불쌍해졌다.

이상한 놈들에게만 유독 인기가 있구나, 너.

설마 하남 진가장에서도 그랬던 건 아니겠지? 그렇다면 너무 인생이 기구하잖아.

자기만 쏙 빼놓고 모두를 이상한 녀석 취급하면서도 눈곱만큼의 죄책감도 느끼지 않는 정한수가 진유청의 등을 두드려 줬다.

“힘내. 세상에 인기 없는 남자가 유청이 너만 있겠어? 안 그래?”

정한수가 부드럽게 미소 짓다 말고 갑자기 소맷자락에서 뭔가를 꺼낸다.

“아…… 왜 갑자기 땀이 나지?”

손에 들고 있는 비단 손수건을 진유청 눈앞에 대고 나풀거리는 모양새가 아무래도…….

“날씨도 좋고 화창하니 아무래도 노란색보단 푸른색이 낫겠지?”

이번엔 다른 쪽 소매에서 새로운 푸른 색 손수건을 꺼내 들고 이마에 땀을 닦는 척한다.

소견이라 불리는 정한수지만 사실 객관적으로 뜯어보면 좋은 사문에 곱상한 얼굴에, 자질도 뛰어났으니 여자아이들에게 인기가 많을 법도 했다.

"나쁜 놈!"

진유청이 이를 까드득 갈며 정한수의 옆구리를 팔꿈치로 찍어 올린 뒤 컥컥거리는 녀석을 버려두고 나채환에게 가려는데…….

툭.

나채환이 갑자기 뭔가를 떨어트렸다.

"귀찮군."

나채환이 얼굴을 찌푸리며 떨어진 물건을 주워들었다.

검에 장식하는 노리개다.

"서, 설마 너도!"

나채환 저 자식! 일부러 떨어트린 게 틀림없어! 정한수보다 더 악랄한 놈!

진유청이 등에 칼이라도 꽂힌 양 믿을 수 없다는 얼굴로 뒷걸음질 치다 아직도 진유청에게 맞은 옆구리를 부여잡고 있던 정한수에게 부딪쳤다.

"채환이는 어딘지 모르게 아슬아슬하고 위태로운 느낌이 들어 좋대. 예전엔 다가가지도 못할 정도로 사나웠는데 요즘 좀 누그러지니 내 인기를 위협할 정도야.”

정한수가 옆구리를 손으로 문지르며 하는 말에 진유청이 질린 듯 중얼거렸다.

“진짜 가지가지 한다.”

그만큼 정한수가 한 말은 진유청에게 청천벽력처럼 다가왔기 때문이다.

학관에서 여자 수련생은 남자 수련생에 비해 반에 반도 되지 않는다.

거기에 대부분의 여자 수련생들은 하방 수련생이나 하다 못해 중방 수련생들에게나 관심이 있지, 상방 수련생들에게 눈길을 주는 일은 많지 않다.

그런데 너희들이, 그 편견 없고 순수한 마음을 다 독차지해서 흡입하고 있다는 거냐!

정한수, 너 하방으로 다시 가 버려! 상방 물 흐리지 마!

진유청은 단 하나 남은 자신의 진실된 동반자에게 고개를 돌렸다.

너만은 날 배반하지 않겠지…… 오현아?

하지만.

권오현이 손에 웬 작은 인형을 들고 진유청을 향해 흔들어 보인다.

“미안, 유청아.”

“으응…….”

진유청은 화내지 않았다. 다만 권오현에게서 슬금슬금 떨어져 거리를 벌렸을 뿐.

"왜 그래?"

권오현이 해맑은 얼굴로 묻는다.

"아니, 그냥…… 안녕, 인형아?"

진유청이 두 뼘쯤 되는 인형을 향해 손을 흔들었다.

권오현이 인형을 한 번 바라보고 진유청을 한 번 바라보다 갑자기 얼굴이 파랗게 질렸다.

"아, 아냐!"

"뭐가 아닌데, 괜찮아. 외로우면 그럴 수도 있지."

진유청이 손사래를 친다.

정한수나 나채환에 비하면 뭐…… 어떤가. 양호하다. 좀 찜찜하긴 해도 배는 아프진 않으니까.

"이 인형 자체가 아니라, 이 인형을 강 교두님 딸이 준 거라고!"

권오현이 다급히 해명했다.

"으응?"

진유청이 못 들은 척하며 검지로 귓구멍을 후벼 판다.

"요즘 강 교두님과 자주 차 마시면서 얘기도 하고 그러잖아. 교두님들 처소가 학관 내에 있더라고. 그래서 집에도 몇 번 가 봤는데 되게 귀여운 여자애가……."

"그만."

진유청이 한 손을 들었다.

더 이상 들으면 안 될 거 같다.

쓸쓸하게 침상에 누운 진유청이 꼬물거리며 이불 속으로 파고들었다.

"유청아?"

권오현이 진유청을 불렀지만 진유청은 대답하지 않고 시무룩하게 베개에 얼굴을 파묻었다.

어차피 과거 생에 이번 생을 합치면 딸내미뻘도 안 될 꼬맹이들에게 관심이 있는 건 절대 아니지만…….

그래도 자신이 권오현보다 인기가 없다니 충격이다.

다시 태어나서 달라지지 않은 건 찌질한 성격뿐만은 아닌 모양이었다.

사실 과거에도 자신은 인기가 별로 없긴 했다.

기루에서 분 냄새 가득한 여인들의 젖가슴이나 엉덩이를 만지며 호기로운 척, 인기 있는 척한 게 거의 다다.

……흐윽!

진유청이 이불 밖으로 한 손을 내밀어 허우적댄다.

"왜?"

정한수가 묻자 진유청이 손수건을 달라 했다. 이왕이면 연두색으로.

정한수는 별로 어려워하지 않고 제 품속에 손을 넣어 꿈지럭거리더니 이내 연두색 손수건을 진유청의 손에 건네준다.

진짜 있었던 거냐, 연두색 손수건도?

진유청은 더욱 좌절하여 손수건을 쥔 손을 이불 안으로 끌어당겼다.

그리고.

패애애애앵!

방안에 코 푸는 소리가 울려 퍼진다.

소녀의 순수한 마음이여, 더러워져라!

"야, 뭐해! 야!"

갑작스러운 소리에 기겁하며 정한수가 이불을 벌컥 젖혔지만 진유청은 보란 듯이 멈추지 않았다.

패애앵!

지금 이 순간 인기 없는 남자가 할 수 있는 가장 찌질한 복수였기 때문이다.

# 第九章

## 두 번째 사람

“젠장. 이게 무슨 꼴이람.”

진유청은 벽에 거미처럼 찰싹 달라붙어 허름하게 지어진 집 안을 주시하고 있었다.

그는 지금 자신이 무림학관에 와서 만나야 할 네 명의 사람 중 두 번째 사람을 찾아온 길이다.

진짜 힘들게 물어물어 겨우 여기까지 왔다.

게다가 돈은 또 얼마나 썼는지……. 크게 아까운 건 아니지만 그래도 예상보다 많이 드니 신경이 쓰이긴 했다.

경비 무사들이 뇌물을 왜 그리 밝히는지, 쯧.

뇌물은 다 받아 처먹고, 걸렸을 때 변명거리는 나보고 만들라는 건 또 뭐야?

나쁜 놈은 가장 마지막에 나온다는 진유청의 말은 사실이었고, 또 그럴 수록 생활과 밀접한 관계를 맺고 있었다.

하지만 무엇보다 과거에 다년간 무림학관에 머물며 배우고 체험했던 꼼수들이 아니었으면 돈이 있다고 해도 학관을 빠져나오기란 지난한 일이었을 거다.

무림학관이 무림맹 내성 안에 위치해 있어서 경계가 심하지 않다는 것도 도움이 됐고.

그렇게 노력을 쏟아부은 지 거의 한 달이 지나서야 진유청은 원하는 것을 얻을 수 있었다.

"근데 대체 저 중 누구지?"

진유청이 눈살을 찌푸린다.

먼지가 잔뜩 앉은 창문 안으로 보이는 초라한 복조건물 내부에는 제법 많은 사람들이 있었기 때문이다.

"젠장. 조량이라…… 조량이라…… 조량이라……."

진유청이 찾는 사람의 이름을 되뇌며 안에 있는 사람들의 얼굴을 훑는다.

조량은 불귀곡의 위치가 새겨졌다는 보물을 해석하여 지도를 얻어 낸 천재였다.

하급 무사의 자식으로 힘들게 자라났지만 비상한 머리를 지녀 독학으로 어려운 공부를 섭렵했고, 그것을 눈여겨본 무림맹 총관에게 발탁되어 차곡차곡 이력을 쌓는다.

조량이 아니었으면 아무리 제갈세가 인물이라 해도 그

난해한 암호를 밝혀낼 수 없었을 거란 극찬을 들었던 사람.

지금 조량의 나이를 계산을 해 보니 진유청 자신보다 네다섯 살 정도 많다고 보면 얼추 맞을 것 같았다.

열네다섯 정도 되는 소년이 어디 있을까…….

진유청이 좀 더 창문에 얼굴을 바짝 들이댄다.

그때 갑자기 창문 안쪽에서 뭔가가 불쑥 튀어나왔다.

"히엑!"

진유청이 놀라 창문에서 물러나다 넘어져 엉덩방아를 찧는다.

끼이익.

창문을 열더니 창백한 낯빛에 허약해 보이는 소년이 얼굴을 내밀었다.

"뭐해?"

진유청이 뭐라 변명을 늘어놓으려 할 때, 안에서 소년을 부르는 목소리가 들렸다.

"량아, 왜 그러니?"

포근한 중년 부인의 목소리다.

"밖에 손님이 와 있네요."

소년은 천성이 착한지 어딜 봐도 이상하기 그지없는 진유청을 손님이라고 얘기해 준다.

"그래? 손님은 들어오시라 하고, 창문 닫아라. 바람 쐬고 또 기침하려 그러니."

“네, 알았어요, 어머니.”

소년 조량이 중년 부인을 향해 부드럽게 웃으며 대답한 뒤, 아직도 창밖에 나자빠져 있는 진유청에게 묻는다.

“들어올래?”

진유청이 뭔가에 홀린 듯 고개를 끄덕였다.

◐　　◑　　◐

그로부터 한 달 뒤.

“형, 좀 제대로 해 봐!”

“이, 이렇게?”

조량이 나뭇가지를 든 손을 휘저으며 길음을 옮겼다.

아 …… 그건 정말 아니잖아, 응?

차마 보기 안쓰러울 정도로 흐느적거리는 모습은 마음이 아플 정도다.

“내가 좀 어설프지?”

조량이 진유청의 난감해하는 얼굴을 보고는 미안한지 멋쩍게 웃으며 볼을 붉적인다.

“아냐. 잘했어. 시작한 지 얼마나 됐다고 그 정도면 충분히 잘하고 있는 거야!”

평생 잘난 형님 밑에서 비교만 당하며 괴로워했던 과거를 갖고 있었던 진유청은 어쨌거나 자신이 형이라 부르는 인물이 저렇게 허술한 점을 내보이는 게 싫지만은 않았다.

게다가 진유청은 조량 자신이 무공에 재능이 출중하다고 절대적으로 착각하게 만들어야 할 사명이 있었다.

진유청은 예전에 불귀곡을 부셔 버리면 어떨까 하는 생각을 했었던 적이 있다.

불귀곡을 없앨 수만 있다면 강호에 흐르는 피가 많이 줄어들리라.

그럼 진가장이나 하남성도 거기에 휘말리지 않아도 된다.

수많은 생명을 구하고, 흐르는 피를 줄일 수 있을 것이다.

하지만 그렇게 하려면, 그곳이 불귀곡이고, 왜 부셔야 하는지를 설명해야 했다.

아무리 자기 말을 다 들어주는 아버지와 이현 형님이라도 무작정 산 하나를 때려 부셔 달라 떼를 쓸 수는 없지 않나.

그런 이유로 주위에 도움을 청할 수 없다면, 진유청 혼자 불귀곡으로 가서 그곳을 부셔야 한다는 새로운 결론이 나온다.

근데 아무리 생각해도 그건 좀 무리였다.

이 연약한 손으로 곡괭이질을 한평생한다 해도 그 단단하고 큰 동굴이 부셔질까? 얇은 금이나 한 줄 가긴 하려나 모르겠다.

혹시 새로 얻게 된 구덩이 만들어 주는 검술이 좀 도움이 될진 모르지만 그것도 진유청이 원할 때 마음대로 사용할 수 있는 게 아니니 크게 쓸모가 있을 거 같진 않았다.

결국 진유청은 불귀곡을 없앨 수 없다면, 불귀곡이 있는 곳을 가르쳐 줬다는 보물을 없애던지, 그 보물을 해석할 사람을 없애야 했다.

전자는 보물이 언제 발견됐는지 어디에 보관하고 있는지도 모르니 포기, 후자는……

진유청이 눈을 힐끔 든다.

그래, 바로 저기 있다.

여전히 나뭇가지를 휘두르며 흐느적거리는 조량.

진유청이 조량에 대해 자세히 알고 이렇게 찾을 수 있었던 것엔 사실 제갈영의 도움이 컸다.

제갈영은 제갈세가를 압박하는 천재에 대해 인정하지 않으려 했고, 틈만 나면 그가 한 여러 가지 일들에 대해 구시렁거렸으니까.

"나 어때? 좀 나아진 것 같아!"

어, 어딜 봐서요?

진유청이 어색하게 웃으며 고개를 끄덕이자 조량이 밝은 얼굴로 몸을 회전시켰다.

그냥 단순히 한 바퀴 빙그르르 도는 건데 그 모습조차 어설픈 것이……

"진짜 몸 쓰는 거랑은 인연이 없는 사람인가 보다."

진유청이 조량에게 들리지 않을 정도로 작게 중얼거린다.

하긴 조량은 삼류 무사의 자식으로 태어나, 다른 때였다면 피지도 못하고 제갈세가 등살에 앓다 죽었을 텐데, 때마침 그가 아니면 해석할 수 없는 보물이 나타나 여러 문파의 지지를 업고 그 일을 맡았고, 비밀을 풀게 되면서 무림맹에 자신의 자리를 만드는 입지전적인 인물이다.

그걸 가능하게 해 준 기반이 바로 머리인데, 몸까지 머리처럼 잘 돌아가면…….

진유청 자신은 너무 배가 아플 것 같다.

하늘은 나름 공평한 걸지도 모르겠단 생각을 문득 한다.

가끔 자신처럼 머리 크기만 키워 주고 머릿속은 채워 주지 않는 당사자로선 기함을 토할 수밖에 없는 공평함을 보이긴 하지만.

콰당!

진유청이 잠시 딴생각을 하는 사이, 혼자 나뭇가지로 허우적대던 조량이 바닥에 고꾸라진다.

"허억, 허억!"

곧 숨이 넘어갈 것처럼 헐떡이며 바닥을 뒹구는 모양새가 엄청나게 격렬한 수련을 한 것 같지만……. 그냥 나뭇가지 몇 번 휘두르고, 바닥에서 서너 바퀴 회전한 게 다다.

진유청이 조량에게 다가가 그를 부축했다.

"괜찮아, 형?"

조량이 힘겹게 고개를 끄덕인다.

“아무래도 난 무공과는…….”

조량이 시무룩하게 하는 말에 진유청이 번쩍 고개를 들고 눈에서 빛을 쏟아 낸다.

“형, 절대 아냐. 형은 무공에 소질 있어. 나는 형처럼 흐느적거리며 검을 휘두르는 사람을 본 적이 없어! 그 어색하지만 끈기 있는 회전은 어떻고. 형은 절대적으로 무공을 익혀 무인이 될 사람이야!”

진유청이 거짓말을 쏟아 낸다.

“그래?”

그거 움직였다고 이마에 땀까지 송골송골 맺혀 있는 조량이 묻는다.

……미안, 형

진유청이 조량의 이마에 맺힌 땀을 닦아 줬다.

“오늘도 정한수는 안 온 건가.”

하방 내에서도 선택받은 수련생들만이 모여 보름에 한 번 갖는 친목 모임에 정한수가 참석한 적은 거의 없지만, 근래 들어 특히나 그 사실이 자주 언급되는 까닭은 다른 때보다 더욱 문제가 되는 그의 행보 때문이었다.

“그 녀석 아직도 상방에서 살다시피 하나?”

"진유청, 나채환과 같이 있겠군."

하방 수련생들이 혀를 차며 고개를 젓는다.

하방의 이름에 먹칠을 하는 소견이란 호칭도 불쾌한 판에, 이젠 아예 하방 다른 수련생들을 무시하는 행동을 서슴없이 하는 정한수에게 질린 것이다.

"정한수가 누구와 어울리건 그건 그의 자유잖아. 그런 걸로 흠을 잡을 필욘 없어."

정한수에 대해 좋지 않은 방향으로 흐르는 분위기를 점창의 사도진이 저지한다.

사도진이 우려를 표했음에도 한번 터진 물꼬는 막히지 않았다.

"그래도 나채환과 어울리는 건 좀 문제가 있지 않아?"

가진 건 쥐뿔도 없는 나채환이지만 자질의 뛰어남은 감춰지지 않아, 훗날 요긴하게 써먹으려 눈도장을 찍은 하방 수련생들이 여럿 있었다.

한데 하방에서 중방도 아닌 상방의 수련생에게 손을 내미는 건 흔치 않은 일이었는 데도 불구하고 나채환은 모조리 거절했다.

그것도 그냥 거절만 한 게 아니라 거친 행동을 하여 하방 수련생들에게 모욕을 줬다.

아무리 무림학관이 수련생들에게 자율성을 허락하며 크게 간섭하지 않는다 하지만 수련생이 살해당하거나 크게 문제가 일어나면 무림맹의 주목을 받지 않을 수 없게 된다.

남의 이목과 소속 문파의 체통 때문에 하방 수련생들은 나채환에 대한 징벌을 조금 미뤄 둔 참이었다.

그런데 같은 하방 수련생, 그것도 이 모임에 속해 있는 정한수가 나채환과 친하게 지낸다는 건 분명 문제가 있다.

"하여간……. 열한 살이면 정신 차릴 때도 됐는데, 한수는 왜 아직도 제자리를 망각하고 노는 데만 열중하는지 모르겠다."

안타까움을 토해 내는 이는 정한수와 같은 화산파 출신의 맹진경이다.

"어쨌거나 정한수는 좀 있으면 떠날 테니 너무 신경 쓰지 말도록 하자. 무림맹에 계신 어르신께 들었는데 화산의 대장로님께서 곧 화산으로 돌아가실 거라 하더군."

"그래?"

맹진경이, 화산파의 일을 자신보다 더 잘 아는 점창의 사도진을 경계한다.

"네가 근래 맹에 불려 가지 않아 모르는 것뿐이지, 다들 아는 사실이다."

그러니 그렇게 경계할 필욘 없다는 말을 사도진이 돌려 한다.

"그나저나 나채환이야 원래 그랬던 놈이라 쳐도, 진유청은 어쩌나. 갈수록 나채환처럼 오만 방자해지는데. 그 꼴을 그냥 두고 봐야 하는 건가.”

개방 출신인 소기가 아이들을 돌아보며 말한다. 그의 시선이 가장 오래 멈춰 있던 곳은 바로 남궁혁이 있는 자리였다.

“누군가는 절대 그럴 생각이 없을 것 같지만 말이야.”

소기는 최대한 담담하게 말했다.

하지만 여기 있는 이들 중 소기가 말한 ‘누군가’가 남궁혁이란 걸 모르는 이가 없으니, 당사자인 남궁혁으로선 기분이 나쁘지 않을 수가 없다.

“그건 내가 알아서 할 테니 신경 쓰지 마라.”

남궁혁이 냉랭한 목소리로 말했다.

평소 발톱의 때처럼도 여기지 않는 상방 수련생들에게 이들이 이처럼 신경을 쓰는 건, 남궁혁 자신이 중인환시에 상방 수련생 네 명에게 수치를 당했기 때문이다.

어쩌면 정한수를 언급하며 하방의 질을 떨어트렸다 꼬투리를 잡으며 말문을 연 것은, 직접적으로 문제가 있었던 남궁혁을 겨냥하여 던진 말일지도 모른다.

“잘할 수 있을까? 고두희 일도 그렇고, 저번 일도 그렇고. 진유청 그 녀석과 얽혀서 네가 일을 제대로 처리한 적이 없는 것 같은데.”

“시비를 걸고 싶은 거라면 다른 일을 걸고넘어질 필요 없다. 언제라도 받아 줄 테니.”

남궁혁이 소기를 노려보며 쏘아붙였다.

“그럴 리가. 같은 하방 수련생들끼리 불화를 만들 생각은 없다. 게다가 그렇게 되면 내가 너무 불리할 거 같군.”

무림학관에는 남궁세가와 친분이 깊은 문파의 자제들은 많았지만 개방은 그렇지 않았다.

그것은 개방의 힘이 약해서라기보다는, 학관 내의 알력에서 개방이 한발 물러서 있기 때문이라 할 수 있었다.

맹의 앞날을 위해 어린아이들부터 서로 친분을 쌓고 교류하며, 무공을 논할 수 있는 대화의 장을 만들자고 호기롭게 시작한 무림학관이 제 뜻을 잃고 퇴색한 지 오래.

소림이나 무당, 그리고 다른 몇몇 문파에선 수련생을 보내지 않은 지 몇 해가 흘렀다.

개방 또한 소기가 퇴관하고 나면 새로운 수련생을 보낼지 확실히 결정 나지 않은 상태라고 한다.

어차피 무림학관 자체가 강제의 성격을 띤 것이 아닌지라 별다른 말이 터져 나오진 않지만, 다른 이들이 모두 하는 것에서 홀로 고고한 척 발을 빼는 건 향후 자파의 이익을 위해선 도움이 되지 않는 행동이라 소기는 생각했다.

무당이나 소림이야 워낙 문파의 색채가 세속에서 벗어난 곳이니 그렇다 쳐도, 거지가 뭐 그리 가리는 게 많은가.

방주님은 소기가 학관에 가겠다고 했을 때, 거지가 무슨 학관이냐며 껄껄 웃으셨다. 하지만 소기는 그렇기 때문에 더욱 학관에 가야 한다고 생각했다.

우습게도 상방 수련생들과 중방 수련생들이 있는 한, 학관이 세워진 의미가 퇴색된 것과 상관없이 학관의 성세는 사그라지지 않을 테니까.

거지니까 구걸할 대상에 대해 좀 더 잘 알아야 하지 않겠나.

그래서 소기가 다른 거대 문파의 수련생들과는 달리 삼 년째 이곳에서 머물고, 직설적인 성격 탓에 별로 환영받지 못하고 스스로도 크게 내키지 않는 이 친목 모임에도 빠지지 않는 것이었다.

다른 개방도들은 하지 않으려 하고 그 중요성을 모르니까 자신이 나서서 희생해야 한다 여긴 거다.

그게 바로 소기의 나이가 다른 하방 수련생들에 비해 많은 이유였다.

"그 녀석에 대한 일은 처리할 방도를 생각해 놓았으니, 후에 괜히 끼어들어 일을 망치는 일만 없길 바란다."

남궁혁이 아이들을 향해 당부했다.

"도의에 어긋나는 일을 하려는 건 아니겠지?"

사도진의 물음에 남궁혁이 대답하지 않는다.

"나는 빠지도록 하지. 방해는 하지 않겠지만 그렇다고 절대 동조는 할 수 없다."

사도진이 못을 박자 남궁혁의 눈썹이 희미하게 꿈틀거렸다.

"그러도록 해라. 어차피 다른 이의 도움은 필요 없다.

외면하고 싶은 녀석은 아예 눈을 감고 귀를 막아라."

남궁혁은 좌중과 하나하나 시선을 맞추며 말했다.

남궁혁의 말에서 짙은 살기가 감돈다.

이제 십 대에 들어선 지 얼마 안 되는 어린아이가 뿜어내는 기운이라고 하기엔 과했지만, 모여 있는 아이들 중 그것을 이상하게 여기는 이는 없었다.

◐   ◐   ◐

하방 수련생들의 친목 모임에 자기 이름이 몇 번이나 거론되고, 그들이 자신을 주시하고 있다는 건 까맣게 모르는 진유청은 지금…….

"하아암!"

길게 하품을 하며 언제나처럼 침상에 누워 데굴거리고 있었다.

정한수가 그런 진유청을 보고 혀를 찬다.

"유청아……. 난 이대로라면 빈둥거리다 욕창 생기는 사람을 볼 수도 있을 거 같단 생각에 두려워. 알아?"

욕창이라니……. 움직이지 못하는 환자들이 하도 한 자세로 오래 누워 있어서 피가 잘 돌지 않아 살에 문제가 생기는 것 아닌가!

엄청 아프고 힘든 거라 들었는데.

"이 자식이 못 하는 소리가 없어!"

"그러니까 좀 일어나라. 넌 대체 학관에 왜 왔냐!"

정한수가 걱정스럽게 하는 말에 진유청이 입을 삐죽거린다.

오자마자 광견에 소견과 얽히고, 고두희를 만나지 않나, 닭도 한 마리 키우게 되고……. 일이 얼마나 많았는데!

게다가 무림의 평화를 위해 자신이 남모르게 고생하고 있건만……!

뭐, 자기 자신과 진가장, 더 나아가선 동심회를 위해서이긴 하지만, 어쨌건 그 콩고물은 무림 전역에도 흩날릴 게 아닌가.

"에잇!"

진유청이 벌떡 일어나더니 밖으로 나간다.

"어디 가!"

정한수가 외치자 진유청이 인상을 쓰며 대답했다.

"좀 전엔 일어나서 뭐 좀 하라고 들들 볶더니, 나가면 또 나간다고 잔소리야!"

"뭐하러 가는데?"

정한수가 꼬치꼬치 캐묻자 진유청이 흥 하고 콧방귀를 끼었다.

"알아서 뭐하게! 잡지 마, 따라오지도 마!"

진유청이 완전히 삐쳐서 문을 쾅 닫았다.

"으휴, 저 성질머리."

정한수가 혀를 차지만 옆에서 지켜보는 권오현이 보기엔
정한수도 만만치 않다.

저건 흡사 권가장에 있을 때, 자기 아버지가 가장 두려워
했던 어머니의 잔소리 신공과 맞먹지 않는가.

"그렇게 위험하냐?"

나채환이 뜬금없이 던지는 말에 정한수가 고개를 끄덕인다.

권오현만 무슨 소린지 몰라 어리둥절해하는 눈치다.

"남궁 놈이 뭔가 작정을 한 거 같은데……. 에이씨, 이
럴 줄 알았으면 모임에라도 나가서 무슨 냄새가 나나 킁킁
거려라도 볼 것을."

정한수가 투덜거리며 한숨을 쉰다.

"근데 유청이 저 녀석은 요즘 무슨 바람이 불어서 저렇
게 밖으로 나돌지?"

욕창 어쩌고 하며 구박은 했지만, 최근 진유청은 예전보
다 빈둥거리는 시간이 반으로 줄었다.

"하노에게 가는 것 같진 않던데."

하노에겐 정한수 자신도 가끔 가서 간식을 얻어먹고 오
는데, 유청이를 만난 기억이 없다.

"쫓아가 볼까?"

정한수가 눈을 빛내며 나채환과 권오현을 선동한다.

"걸리면…… 정말 화낼 거야, 유청이."

권오현이 슬금슬금 발을 빼자 흥이 식었는지 생글거리며

웃는 얼굴로 정한수가 입을 열었다.

"그럼 오현이랑 놀아야겠네."

……나 괴롭히려고?

한수야, 너도 유청이 만만치 않게 빈둥거리고 아무것도 안 하는 거 알아?

상방 오호에서 정상적으로 학관 생활을 하는 건 오직 권오현 자신밖에 없는 듯했다.

"가자. 차라리 유청이 따라가자."

권오현이 기권하여 백기를 들지만 이젠 정한수가 고갤 젓는다.

"아냐. 간만에 우리 셋이 놀자."

새치름히 휘어지는 눈매가 권오현은 무서웠다.

◑　　◑　　◑

무림학관에 들어가는 입구는 하나지만, 무림학관에서 무림맹 내성으로 나갈 수 있는 문은 두 개였다.

하나는 말 그대로 학관에 들어가는 입구가 출구가 되지만, 다른 하나는 학관에서 배출된 쓰레기를 내가는 용도로 쓰는 쪽문이었다.

무림학관은 무림맹 내부에 똬리를 틀고 있어 독자적으로 바깥과 연결되지 않았기 때문에 무림맹의 쓰레기장을 같이 이용했다.

　그러면 쓰레기장에 모인 무림학관과 무림맹의 쓰레기들은 정해진 때에 한 번씩 무림맹 외부로 운반되어 또다시 버려졌다.

　그런 게 있다는 것조차 아는 이가 드문 그 쪽문은 진유청이 무림맹 내성으로 드나들 수 있게 해 주는 통로였다.

　체통을 중시하는 무인이나 자기네 집에서 곱게만 자랐던 수련생들이라면 필요한 일이 있더라도 차라리 정문 경비 무사에게 돈을 찔러주고 나갈지언정 이리로는 걸음하지 않았겠지만, 진유청은 과감히 이 길을 택했다.

　자신은 한두 번 나갔다 올 게 아니라 꾸준히 걸음을 해야 했기에 좀 더 안전하고 눈에 띄지 않는 방법을 택해야 했던 것이다.

　진유청은 능숙하게 인근을 살피고 뇌물을 찔러준 경비가 같은 시간 열어 놓는 쪽문을 통해 밖으로 나갔다.

　일단 나간 이후엔 별로 어려울 게 없다.

　무림맹 내성엔 수많은 각양각색의 사람들이 있고, 누군가의 제자나 자식이 되는 아이들이 많아 진유청 하나 정도는 눈에도 띄지 않았기 때문이다.

　그렇게 조량을 만나러 나간 진유청은 오늘도 낙담할 수밖에 없었다.

　며칠 전 내준 과제를 조량은 하나도 하지 못했다.

그냥 하지 않은 거면 차라리 낫지 끙끙대며 열심히 수련을 했을 텐데도 저 모양이라니…….

이건 차라리 절망이요, 좌절인 것이다.

차라리 석학들도 못 풀 어려운 학문적 문제를 낸다면 조량 형은 좋아하며 단번에 풀어낼 텐데…….

서로 못 할 짓을 하고 있는 것 같은 기분이 든다.

쿠당탕탕!

조량은 또다시 자기 발에 자기가 걸려 넘어졌다.

"휴우."

진유청이 한숨을 쉬며 조량에게 다가가 그를 일으켜 세워 줬다.

"아무래도 안 되겠다."

진유청의 말에 조량이 흠칫 몸을 굳힌다.

"나, 나……. 잘할 수 있는데……."

"형아. 형은 검술에 확실히 소질이 있는데, 형의 몸이 형의 검술을 소화하지 못하네. 체질적인 문제인가 봐."

조량의 낯빛이 어두워진다.

"열심히 무공 배워서 부모님께 효도하고, 나도 좀 쓸모 있는 놈이 되고 싶었는데."

시무룩하게 중얼거리는 말이 어찌나 양심을 따끔거리게 하는지 진유청의 등줄기로 식은땀이 흘러내린다.

"아, 아냐, 형. 꼭 무공을 배워야 성공하는 건 아니잖아."

진유청이 곧은 눈으로 조량을 보며 그의 손을 자신의 두 손으로 꼭 쥐지만, 조량은 고개를 푹 숙였다.

"내가 할 수 있는 게 뭐가 있을까."

아버지는 하급 무사고, 자신은 하급 무사도 될 수 없는 허약한 체질에 뭐 하나 제대로 할 줄 아는 것 없이 책 읽는 것만 좋아하는 쓸모없는 아들이다.

광채가 흐르는 얼굴을 하고 갑자기 자신 앞에 나타난 귀인인 유청 동생이 어떻게든 도움을 베풀려 하지만 그조차 소화를 시킬 수 없다는 게 서글프다.

한편 진유청도 속으로 괴로워하고 있었다.

별의별 녀석들을 다 만나 봤지만 이렇게 섬세한 사람은 처음 본 데다 일말의 죄책감까지 있어 대하기가 쉽지 않았다

"형이 원한나면 하남에 있는 내 집으로 가. 형 부모님은 거기서 일자리 구하시면 되고, 형은 평생 형 하고 싶은 공부만 실컷 하며 사는 거야."

"그렇게까지 신세를 질 순 없어."

신세 아니라니까!

나를 위해, 무림의 평화를 위해 좀 제발 받아 줘……!

"그게 싫으면 금오상단에 일자리를 구해 줄 수도 있고. 형은 책 읽는 걸 좋아하니 셈하는 것도 금방 배울 거야."

조량이 진유청을 물끄러미 바라본다.

"너는 왜 이렇게 나한테 잘해 주니?"

진유청이 진지하고 곧은 눈빛으로 조량의 눈을 직시했다.

"형은 분명 크게 될 사람이야. 뭘 하든 잘 해낼 사람이고. 나는 그럴 거라 믿고 있어. 그래서 형이 잘되면 나중에 등쳐 먹으려고 이러는 거야."

"……내가 잘되면 등이 아니라 머리통이라도 내어 줄게."

아, 아냐.

나는 그냥 등쳐 먹는 걸로 족해. 머리통까지는 필요 없어…….

진유청이 여세를 몰아 다시 한 번 조량에게 권한다.

"잘돼야 등을 처먹건 머리통을 따 달래건 그러지. 그러니까 얼른 잘되게 내 말 들어. 일단 가서 아저씨, 아주머니와 얘기부터 나눠 봐. 혹시 내가 한 말이 그냥 어린 치기에 하는 말이 아닐까 걱정하신다면 따로 확인도 시켜 드릴 수 있다고도 전하고."

"넌 정말 나와 우리 가족에게 귀인이로구나."

진유청은 뭐라 대답할 말이 없어 먼 하늘만 바라보며 딴청을 피웠다.

조량은 진유청이 자신의 거듭된 칭찬에 부끄러워 그러는 거라 생각하고 부드럽게 웃었다.

조량과 헤어진 진유청은 학관으로 돌아가기 위해 쓰레기장으로 향했다.

벌써 밤이구나. 오늘은 무공 수련을 포기하고 다른 길에 대해 얘기하느라 시간이 좀 늦었다.

진이 쭉 빠진 채 터벅터벅 걸음을 옮기는 진유청의 다리가 무겁다.

정말 힘든 하루였던 것이다.

"얼른 들어가서 씻고 푹 쉬어야지."

다섯 살 때부터 노후를 위해 끙끙거리며 노력했는데, 열 살이 돼서도 이래야 하다니…….

이래저래 복잡한 상념을 떠올리던 진유청이 갑자기 걸음을 멈춘다.

뭔가 이상한 기운이 느껴졌다.

고개를 갸웃거린 진유청이 주변을 돌아보는데, 쓰레기 더미 외에 다른 건 보이지 않았다.

고요한 정적이 흐른다.

그리고.

"젠장, 쓰레기장에 쥐새끼 한 마리 없는 게 말이 되냐고!"

진유청이 발바닥에 땀나게 뛰기 시작했다!

# 第十章

## 습격

슉, 슈욱!

쓰레기 더미 속에서 다섯 줄기의 바람이 솟구쳐 사방으로 비산한다.

도망치던 진유청이 인상을 썼다.

"저것들 뭐야!"

어쩐지 이상하다 했어.

항상 이 쓰레기장을 지나칠 때마다 쥐가 득실거려서 진저리를 쳤었는데 한 마리도 보이지 않다니.

아마 저들이 숨어서 쥐를 쫓아냈던지 쥐들이 겁을 내어 도망을 갔던지 한 모양이다.

쉬아악!

갑자기 등 뒤에서 날카로운 기운이 느껴진다.

깜짝 놀란 진유청이 상체를 숙이자 바로 머리통 위로 뭔가가 쉭 하고 스쳐 지나갔다.

파바바박!

진유청이 피한 암기가 세 개가 바닥에 꽂혀 꼬리를 파르르 떤다.

"비도?"

진유청이 눈살을 찌푸렸다.

암기를 사용한다는 건 저들이 정통 무인은 아니란 소리다. 그건 곧 저들이 청부를 받은 살수이거나, 각 문파에서 후계자나 직계 혈통을 암중에서 보호하기 위해 키우는 수신호위들일 가능성이 높았다.

그렇게 생각하니 떠오르는 놈이 하나 있다.

"남궁혁, 이 개보다 못한 자식!"

나이를 몇 살이나 처먹었다고 벌써 어른들이 하는 더러운 짓은 다 하고 자빠졌군.

하지만 지금은 남궁혁을 욕하고 있을 때가 아니었다.

진유청은 다시 태어난 이후 처음으로 목숨에 위협을 느꼈다.

사방에서 짓쳐 드는 살기가 온몸에 소름을 돋게 한다.

쉬이익!

또다시 자신을 노리고 날아드는 비도!

진유청이 검을 뽑아 들고 상체를 비틀어 등 뒤까지 바짝 따라붙은 비도를 쳐 냈다.

채앵, 챙!

날카로운 쇳소리와 함께 진유청의 검에 튕겨 나간 비도들이 아무렇게나 땅에 처박힌다.

"그나마 검이 있어 다행이군."

평소 때엔 귀찮다며 거의 가지고 다니지 않지만, 오늘은 조량 형에게 검술을 가르치기 위해 챙긴 것이다.

……과연 이 검이 얼마나 쓸모가 있을지는 모르겠지만.

다시 정면을 향해 걸음을 내딛던 진유청이 멈칫한다.

쓰레기 더미에서 솟구쳤던 다섯 명이 눈에 보이지도 않을 빠르기로 사방으로 흩어졌었는데, 그중 셋은 진유청의 뒤를 쫓고 나머지 둘은 앞에서 기다린 모양이다.

"좀 전엔 저들이 쓰레기 더미 속에 숨어 쥐새끼 짓을 하더니 이번엔 내가 쥐가 돼서 갇혔군."

진유청이 씁쓸하게 중얼거린다.

"부끄럽지도 않나? 이제 열 살인 아이에게 어른들이 떼거지로 달려드는 게."

진유청이 복면인들을 향해 외치지만 씨알도 먹히지 않는다.

복면인들은 손에 쥔 검을 곧추세우며 공격 자세를 취했다.

죽일 거였으면 아까 쓰레기 더미에서 튀어나왔을 때 바로 심장을 갈랐을 텐데, 이렇게 쓸데없이 시간을 끄는 걸로 봐선…….

"남궁혁, 이 악랄한 새끼."

죽이는 대신 병신으로 만들 모양이다.

진유청의 입에서 남궁혁의 이름이 나오자 복면인들이 멈칫하는 게 보인다.

그렇지 않아도 복면인들은, 눈앞의 어린아이가 어찌 어른들도 두려워할 이런 상황에서 저렇게 당당할 수 있는 건지 의아하던 차에, 단번에 자신들에게 이 일을 명령한 셋째 공자에 대해 맞추자 놀라지 않을 수 없었다.

복면인들이 서로 눈짓을 한다.

셋째 공자에 대해 알았으니 죽여야 하나?

복면인들 중 우두머리로 보이는 이가 고개를 저었다.

죽이게 되면 일이 너무 커진다.

"고민하지 말지. 어차피 내가 병신이 되건 죽건 간에 나한테 그런 짓 할 놈 하면 무림학관 애들 전체가 다 첫손가락에 남궁혁 그 새끼를 꼽을 텐데."

틀린 말은 아니다.

복면인들이 서로 고개를 끄덕인 뒤 서서히 진유청을 압박했다.

이제 열 살, 손에 쥐어진 진검이 아직 버거울 나이.

셋째 공자는 저 아이가 무공은 제대로 익힌 적도 없는 쓰레기라 했지만 복면인들이 보기엔 저 정도 배짱이면 웬만한 무공을 익힌 소년들보다 훨씬 나았다.

들고 있는 걸 휘두르지도 못하는 무공 따위가 무슨 소용이겠는가.

"아쉽군."

우두머리 복면인은 정말 그리 생각했다.

"오른팔과 두 다리의 힘줄을 끊어라."

셋째 공자가 주문한 대로.

복면인 둘이 손을 뻗어 진유청을 잡으려 했다.

진유청의 눈에 힘이 들어간다.

저들에게서 스멀스멀 뿜어지는 검은 기운이 진유청의 온몸에 덕지덕지 달라붙는다.

그것은 바로 끔찍한 '악의' 였다.

쉬익!

진유청이 검을 휘돌리며 자신에게 다가오는 복면인들을 저지한다.

"얌전히 있으면 앞으로 움직이진 못해도 보기에 흉한 꼴은 되지 않을 거다."

이런 미친놈 같으니라고!

힘줄만 끊으면 사지는 붙어 있지만 반항하다 잘못되면 그나마 잘려 나갈 수도 있다는 뜻이 아닌가!

저들에게서 풍겨 나오는 쓰레기보다 더한 악취와 남궁혁을 향한 분노가 뒤섞여 진유청의 심장을 뜨겁게 끓게 했다.

이렇게 당할 순 없어!

진유청이 지면을 박차고 앞으로 쏘아지며 몸을 공처럼 동그랗게 접어 다가오는 복면인의 가랑이 사이로 굴렀다.

"잡아!"

우두머리가 외치자 복면인이 다급히 다리를 오므리지만 이미 늦었다.

몸집이 작은 만큼 날쌔다.

"저런 임기응변을 사용하다니. 방심하지 말고 잡아라!"

진유청은 몇 발짝 가지도 못하고 다시 포위당하는 형국에 놓인다.

그는 이를 악물고 검을 휘둘렀다.

채앵, 챙!

어른들의 검에 자신의 검이 튕겨 나갈 때마다 손아귀가 찢어질 것같이 아프고, 검을 놓칠 뻔한 적도 몇 번 있지만 악착같이 달려들었다.

퍽! 퍼억!

잡초 같은 근성에 놀라고, 자신들이 아직도 이런 어린애 하나 뜻대로 하지 못한 것에 분노한 사내들이 거칠어진다.

마구잡이로 짓쳐 드는 발길질에 진유청의 온몸이 터져 나갔다.

진유청은 미친 듯이 날뛰었다.

사내들이 진유청을 잡을 수 있을 듯하면서도 못 잡는 이유가 바로 그거였다.

눈에서 줄줄 흐르는 독기가, 피를 흘리면서도 달려드는 새파란 살기가 절대 열 살 아이의 그것이 아니다.

"그래도 베면 베이고, 차면 차이는 육신을 지녔으니, 오래 버티긴 힘들 거다. 그래 봤자 애다."

우두머리가 동료들에게 말한다.

자신들이 못 해서가 아니라 저 어린애한테 질려서 손이 잘 안 가는 것뿐이니 정신 차리라고.

진유청이 숨을 헐떡였다.

정말 죽음이 코앞에 닥친 것 같은 두려움에 심장이 팔딱거리고 온몸에서 땀이 배어 나온다.

또다시 죽는 건가?

죽어도 다시 세 번째 삶을 살 수 있을까?

"씨발, 난 다시는 안 죽어!"

진유청이 검에 온힘을 다 쏟아부었다.

구덩이 파는 검술이라도 나와라! 우화등선 비법이라도 좋아!

뭐든지 좀 나와 보라고!

마음속으로 목이 터져라 외치지만 검끝에 실리는 힘은 여전히 약하다.

“너는 하늘의 도(道)라 이런 더러운 싸움엔 힘을 안 보
태 주냐? 응?”

꿈속에서 스쳐 지나갔던 말이 떠오른다.

하늘의 도(道)와 땅의 도(道)가 다르지 않으니, 그것을
깨달은 자. 복되고 복되다고?

이게 같은 거냐? 같아?

지랄 염병하네!

그럼 땅으로 내려와라! 니가 땅으로 내려와서 처박혀라!

진유청이 속으로 악을 썼다.

땅의 사람이 마음으로 부르자 하늘이 화답한다.

쿠르르릉!

갑자기 하늘에 노란 번개가 번쩍였다.

“저게 뭐지?”

복면인들이 하늘을 올려다보는 틈을 타 도망치려던 진유
청이 멈칫한다.

“피해라!”

복면인들이 서로에게 외치는 고함이 들려왔기 때문이다.

진유청도 불길한 예감을 느끼고 고개를 젖혔다.

그리고 그의 눈에 보인 것은.

“이런 씨바!”

……하늘의 도(道)를 내려 달랬더니, 저것들이 번개를
막 던지네?

하늘에서 노란 불 줄기가 번쩍거리며 지면을 향해 내리꽂히고 있었던 것이다.

내가 살려 달래긴 했지만 이렇게 과격하게는 아니었어……!

이건 뭐, 확실히 죽게 생겼잖아, 제기랄!

생각은 길었으나 시간은 짧았다. 도망칠 새도 없었다.

콰콰쾅!

쾅쾅!

"으아아악!"

도망치던 복면인 둘이 완전히 피하지 못하고 번개에 휘말린다.

지지지직!

노란 불꽃이 튀기며 두 복면인을 휘감고 돌아 시커먼 숯으로 만들었다.

그 순간 진유청은 번개 안에서 신음을 흘리고 있었다.

온몸이 불로 지지듯 뜨겁다!

"커헉!"

그것 좀 욕했다고…… 쪼잔하기는!

너무 아프니 정신이 몽롱해진다.

진유청은 자연스레 자신을 가장 편안한 상태로 인도해 주는 불귀곡 비급을 외우게 됐다.

그가 입술을 달싹일 때마다 청량한 기운이 몸에서 뿜어

져 나와 번개와 융합하고 서로를 휘감고 돌며 장난을 친다.

마치…… 한 갈래에서 갈라져 나왔다 다시 만난 형제들처럼!

진유청의 몸에서 다친 부분이 서서히 치유되고, 뜨거운 피가 세차게 핏줄을 달리며 온몸으로 기운을 인도한다.

"저기다!"

멀쩡하던 하늘이 뒤틀리며 노란 번개가 불길을 토해 내고 사방을 뒤흔들자 인근에 있던 무사들이 놀라서 번개가 내리꽂힌 곳으로 달려왔다.

"저기 어린아이가 있다!"

무사들이 진유청을 발견하고 손가락으로 가리켰다.

번개가 쓰레기를 태우고 만들어 낸 둥그린 자리 위에 진유청이 한 오타기의 실도 걸치지 않은 채 눈을 감고 있었다.

◓　　◓　　◓

"끄으응."

진유청이 앓는 소리를 내며 눈을 떴다.

"유청아!"

침상 옆엔 익숙한 얼굴들이 늘어서 있다.

자신이 그 빌어먹을 벼락을 맞고 얼마나 기절해 있었는

지는 모르겠지만 애들 얼굴이 하나같이 피죽도 못 먹은 것처럼 퀭하고 눈 밑에 그늘이 져 있다.

"난 괜찮아."

진유청이 애들을 다독이며 입을 열자, 정한수의 가늘게 흰 눈매가 우는 건지 웃는 건지 모르게 씰룩인다.

"대체 얼마나 죄를 많이 지었기에 다른 곳도 아니고 쓰레기장에서 번개를 맞냐? 응?"

……할 말이 없다.

자신이 하늘한테 욕을 좀 많이 하긴 했다.

손을 들어 보고, 발가락을 까딱거려 봐도 멀쩡한 걸 보니 어쨌건 불구도 되지 않았고, 죽지도 않은 모양이다.

그렇다고 하늘이 던져 준 번개에 감사하는 마음까진 들지 않는다.

그 심각한 상황에서…… 자신을 향해 반쯤 내려오고 있던 노란 번개와 눈이 마주친 순간, 자신은 정말…….

우화등선할 뻔했던 이후 처음으로 사람이 황당해서 죽을 수도 있구나 싶었다.

어찌나 부아가 치밀던지.

"그런데 왜 거기 있었던 거야?"

정한수가 슬쩍 눈치를 보며 묻는다.

"……나만 발견됐어?"

"흐음."

진유청의 말을 풀면 발견돼야 할 다른 사람도 있다는 거 아닌가.

"우린 몰라. 번개가 갑자기 치고 얼마 있다가 철두가 얼굴이 시커메져서 널 업고 왔거든."

"그러게. 부학장님한테 그런 면이 있는지 몰랐어. 걱정 많이 하셨나 보더라."

권오현의 순진한 발언에 진유청이 피식 웃는다.

"나 말고 다른 사람도 발견됐나 보네."

"다른 사람?"

정한수의 눈이 가늘어진다.

"사람 아니면 시체? 그것도 아니면 번개에 타다만 재에서 뭐라도 나왔나 보지."

그냥 번개에 맞은 것도 놀랄 만한 일인데, 누군가에게 납치라도 당하다 중간에 번개를 맞은 건가?

정한수가 진유청의 발치에 걸터앉아 혀를 찼다.

"너도 참 암울한 인생이다."

진유청은 당장 아니라고 반박할 수 없었다.

"좀 그렇지?"

입맛을 다시며 되묻는 진유청을 가만히 바라보던 나채환이 입을 연다.

"근데 왜 발가벗고 있었어?"

"……내가 벗은 거 아냐."

번개에 타 버린 거지.

그런데 이상하다. 갑자기 주위가 고요하다.

말 많은 정한수도 입을 꾹 다물고, 나채환은 답지 않게 진유청의 어깨를 두드려 준다.

어이, 오환이 너. 왜 뒤로 돌아서서 눈물을 훔치는 거냐? 응?

왠지 묘하게 찝찝한 기분이 들어 진유청이 미간을 찡그리다 자신이 한 말을 되짚어 본다.

그리고 조용히 몸을 일으킨 진유청이 베고 있던 베개 모서리를 손에 꽉 틀어쥐었다.

"괜찮아, 유청이 네 잘못이 아니잖아! 그놈들이 나쁜 거야, 그놈들이!"

답지 않게 격앙된 어조로 언성을 높이는 권오현을 물끄러미 바라보던 진유청이 베개를 든 손을 높이 추켜올렸다가 권오현의 정수리를 그대로 내리찍었다.

뻐억!

저번에도 느꼈지만 베개가 아무리 천으로 감싼 솜뭉치라고 해도 맞으면 아픈 건 똑같은가 보다.

권오현이 정수리를 맞고 바닥으로 나동그라졌다.

진유청의 눈이 이번엔 정한수를 향한다.

"아, 아니면 말지…… 왜 베개는 휘두르고 그래?"

정한수가 슬금슬금 뒤로 물러났다.

하지만.

쿠당탕탕!

정한수는 물론 나채환까지 뒤섞인 개 잡기가 시작됐다.

"으아아악!"

정한수의 비명 소리가 오호 방 밖으로 새어 나갔다.

애들과 한바탕하고 나니 마음이 좀 가라앉는다.

사실 다시 태어나서 처음으로 느꼈던 죽음에 대한 공포와 번개를 맞았던 일 등 여러 가지 복잡한 상념으로 인해 쉽게 진정이 되지 않던 참이다.

애들이 그걸 알고 자신의 기분을 풀어 주려 일부러 그런 장난을 쳤던 걸까?

자신과 눈이 마주치자마자 주먹을 슬그머니 들어 올리는 모양새가 아무래도 …….

진유청이 설레설레 고갤 저었다.

"내가 쟤네한테 무슨 그런 허황된 기대를……."

"넌 죽었다 살아난 애가 무슨 힘이 그렇게 좋냐?"

정한수가 웃으며 얘기하지만 목소리엔 살기가 담겨 있다.

눈자위가 시퍼런 것이 또다시 바둑이의 탈을 쓰고 있다.

"그러게 말이야."

　　권오현이 아직도 얼얼한 머리통을 손으로 문지르며 동조했다.

　　"흥!"

　　진유청은 콧방귀를 뀌며 애들 말을 무시해 줬다.

　　지들이 먼저 까불었으니 벌을 받아 마땅하다.

　　그런데 아직도 깨어나지 못한 나채환을 보니 자신이 생각해도 힘이 넘치긴 한 거 같다.

　　몸도 확실하게 느껴질 만큼 가벼웠고.

　　번개 맞고 기연이라도 얻은 건가?

　　"흐음."

　　자신에게 그런 복이 올 리가.

　　직접적으로 나섰는 데도 실패했으니 남궁혁 놈의 눈이 돌아가 있겠군.

　　진유청은 그가 가진 '악의' 를 이해할 순 있었다.

　　과거 삶에서 진유청 자신 또한 가졌던 것이었으니까.

　　하지만 그것은 타인을 상처 주고 스스로를 좀먹는다.

　　남궁혁도 언젠가 깨달을 날이 오려나……?

　　남궁혁 스스로를 위해선 차라리 모른 채 죽는 게 나을 거다. 지독한 후회에 몸서리쳐야 할 테니까.

　　원래 미친놈은 그냥 미친 채 사는 게 행복한 거잖아? 세상이 살 만했다면 애초에 정신을 놓지도 않았겠지.

　　남궁혁을 떠올리니 또다시 머릿속에 먹구름이 밀려든다.

검은 먹구름은 살의란 비에 흠뻑 젖어 있다. 구름을 건드리면 넘칠 듯 적셔진 비가 바닥으로 후드득 떨어질 터였다.

"아, 정말 싫다, 싫어."

진유청이 넌더리를 냈다.

◐　　　◐　　　◐

그날 밤, 진유청이 깨어난 것에 안심한 아이들이 모두 곯아떨어졌을 때, 진유청은 침상에서 일어나 밖으로 나갔다.

시원하게 불어오는 바람을 맞으며 진유청은 하방 쪽으로 걸음을 옮긴다.

진유청의 손엔 한 자루 검이 들려 있었는네, 아까 전에 한 몸이 되이 함께 벼락을 맞고도 무사했던 검이다.

진유청은 앞으로 이 검을 아껴 주기로 했다.

저 앞에 하방 숙소가 보인다.

그냥 한눈에 보기에도 상방 숙소와는 비교되는 곳이었다.

진유청이 하방 숙소로 들어서려다 말고 멈칫했다.

"그러고 보니 남궁혁이 몇 호에 있는지를 모르네."

이런 젠장!

그런 중요한 걸 미리 알아 놓지 않았다니.

다시 방으로 돌아가서 정한수를 깨워 물어보는 방법도 있지만, 그러면 귀찮은 일이 벌어질 거다.

그 눈치 빠른 녀석이 자신이 무얼 하려는지 모를 리가 없
다.

"누굴 찾지?"

이 시간에 안 자고 있는 녀석이 있었나?

갑작스런 목소리에 진유청이 고개를 돌리자 허름한 옷을
입은 제법 나이가 많아 보이는 소년이 서 있었다.

소년은 이 시간까지도 하방 숙소에 딸린 연무장에서 수
련을 한 모양이었다.

"남궁혁이 몇 호인지 아십니까?"

진유청이 정중하게 물었다.

"남궁혁이라……."

소기가 진유청을 훑어보더니 선선히 대답했다.

"팔호에 있다."

"감사합니다."

진유청이 숙소로 슥 들어가려는데 소기가 말한다.

"상방 수련생이 하방 수련생에게 검을 들고 한밤중에 찾
아간다면 무슨 짓을 당한다 해도 할 말이 없을 테지?"

참 이상한 동네다.

사람을 등급으로 나눈 뒤 그 등급을 그 사람의 지표로 삼
는다.

내가 무슨 고기냐?

너넨 질 좋은 고기고 난 상하기 직전인 그런 고기냐고.

진유청의 눈빛에 불쾌한 빛이 감돌자 소기가 무표정한 얼굴로 말했다.

"원래 그런 게 세상이다."

"그쪽이 그런 세상에서 사시나 보네요. 우리 동네는 안 그런데."

어쨌건 저 사람이 없었으면 남궁혁이 어디 묵는지 몰라 고생 좀 했을 테니 더 이상 시비를 걸 마음은 없다.

진유청이 피식 웃은 뒤 소기에게서 등을 돌린다.

"검을 들고 한밤중에 남궁혁을 찾아온 걸 보니 넌 진유청이겠지?"

진유청이 잠시 걸음을 멈추고 고개를 돌린다.

자신이 다른 사람에 대해 아는 거 과거이 기억 때문이지민, 저 사람이 자신을 아는 건…….

혹시 남궁혁이 하방에서 그만큼 자신에 대한 욕을 많이 해서 그런 걸까?

"난 개방의 소기다. 살아 있으면 다시 보겠지."

개방? 진짜?

홍개 할아버지네에 저런 애가 있단 말이야?

그런데 생각해 보니 홍개 할아버지도 처음 봤을 땐 좀 별로였다.

홍개 할아버지가 좋아졌던 건 아마 정교 삼촌을 제자로 맞았을쯤이었지?

진유청이 소기를 빤히 응시하자, 소기도 시선을 피하지 않고 진유청의 시선을 맞받아쳤다.

꼭 일러 줘야지.

소기란 놈이 날 상한 고기 취급했다고.

원래 고자질이란 건, 해 줘야 제맛인 거다. 자신이 말 안 해 주면 홍개 할아버지는 자기 손자뻘인 어린 제자 중에 저런 녀석이 있는지 모를 거 아닌가.

"뭐지? 그 시선 좀 불쾌하군."

소기도 진유청의 음흉한 마음을 느낀 모양이다.

"아무것도 아닙니다."

진유청이 양어깨를 으쓱거리더니 하방 숙소 안으로 쑥 들어갔다.

"들었던 것보다 더 건방지군."

소기가 진유청의 뒷모습을 날카로운 눈으로 쏘아봤다.

"어째 애들 득시글거리는 상방 숙소보다 제일 수가 적은 여기가 더 넓은 거 같아."

그냥 기분일까? 아니면 진짜 그런 건가.

여자 수련생 숙소는 상, 중, 하가 나뉘어 있지 않다고 하던데……. 그들은 그럼 뭘 기준으로 서로를 나누고 구분

지으려나.

하방 숙소 안을 헤매며 여러 생각을 하던 진유청은 조금 뒤 팔호를 찾을 수 있었다.

그리고 조금도 고민하지 않고 방문 앞에 서자마자 문을 거칠게 옆으로 밀쳤다.

드르륵!

문이 열리며 안이 들여다보인다.

화려한 내부, 이 인 일실이라 들었건만 한 놈은 어디 갔냐?

비단 이불이 깔려 있는 침상은 하나만 놓여 있다.

그리고 진유청이 찾고 있는 남궁혁은 탁자 앞에 앉아 차를 마시고 있었다.

남궁혁이 놀란 눈으로 진유청을 바라본다.

"인기척이 느껴지긴 했지만 내 손님인진 미처 몰랐군."

이 씨발라 먹을 놈아. 내가 언제부터 니 손님이었냐?

진유청은 오래 얘기하고 싶지도 않았다.

"나와라. 한판 붙자. 정당한 '결투' 다!"

진유청의 말에 남궁혁의 입꼬리가 묘하게 비틀린다.

"니가 벼락을 맞고도 살아날 정도로 운이 좋았다고 해서, 내 검도 피할 수 있을 거라 생각하는 건 아니겠지?"

남궁혁은 진유청이 정말 더럽게 운도 좋은 놈이라고 생각했다.

하긴, 가문도 별로고, 자질도 없는 놈이 운도 좋지 않으면 어찌 강호에서 살아남을 수 있을까.

"왜 이렇게 말이 많아. 혹시 다른 놈들 달려올 때까지 시간 끄는 거냐?"

아무래도 네 운은 아까 그것까지인가 보군, 진유청.

남궁혁이 자리에서 일어났다.

◑　　　◑　　　◑

두 사람은 하방 숙소 옆에 있는 하방 수련생 전용 연무장으로 갔다.

개인마다 배정받은 좀 작은 연무장도 있긴 하지만 거기는 결투를 하기엔 좀 비좁았다.

연무장에 도착한 남궁혁은 진유청과 대치하여 거리를 벌린다.

그렇지 않아도 남궁혁은 믿을 수 없는 얘기를 듣고 속에서 불이 치닫던 참이었다.

자신이 보냈던 다섯 중 둘이 죽었다.

그것도 눈먼 검에 베인 것도 아닌…… 벼락을 맞고서!

살아남은 호위들은 벼락이 내리꽂힌 곳을 확인하러 온 무사들로 인해 자신들의 흔적을 미처 지우지도 못하고 그 자리를 빠져나왔다고 한다.

진유청 녀석도 벼락에 맞아 죽었던지, 그렇지 않더라도 자신들에게 죽기 직전까지 당했는지라 그 상처만으로도 어디 한군데 병신은 됐을 거라 해서 겨우 화를 참고 있었는데…… 헐레벌떡 뛰어온 부학장 상두의 말론 저 녀석이 살아 있다는 거다.

그것도 상처 한 군데도 없이 멀쩡하게!

"네가 안 왔으면 아마 내가 상방 숙소로 갔을지도 모른다."

남궁혁의 말에 진유청이 피식 웃는다.

"수하를 보내 날 죽이려고 하더니만, 내가 살아남은 게 기분 나빠서 이번엔 직접 죽이러 오려 했다고? 와아……이거 진짜 쓰레기네."

진유청의 말에 남궁혁의 눈에서 불길이 치솟는다.

"감히 누굴 보고 그런 천박한 말을 지껄이는 게냐."

"별것도 아닌 자존심 좀 상했다고 살인을 사주하는 놈이, 다른 사람이 험한 말 좀 했다고 바로 감히가 뱉어지냐?"

진유청이 혀를 찬다.

스릉!

더 이상 참지 못한 남궁혁이 검을 뽑았다.

이 상황에서 무슨 말이 필요하리.

큰형 남궁민은 어차피 자신이 잘해도 칭찬해 주지 않을 거다.

못 하면 못 했다고 벌을 내리고, 없는 사람 취급하는 건 절대 잊지 않을 거면서.

그러니 남궁혁은 더 이상 그가 명령한 것은 듣지 않을 거다.

원래 남궁혁은 제 큰형인 남궁민을 가장 두려워했지만…… 지금은 눈앞에 있는 진유청이 세상에서 제일 싫다.

다른 건 눈에 들어오지도 않았다.

"덤벼라!"

남궁혁이 소리쳤다.

진유청도 검을 뽑은 뒤, 남궁혁을 노려본다.

내공으로 봐도 검술로 봐도 모두 진유청보다 남궁혁이 낫겠지만 그래도 임기응변과 배짱만큼은 지지 않을 거라 생각한다.

진유청 자신이 아무리 화가 났다 해도 남궁혁의 손에 죽을 게 뻔한데 찾아온 건 아니란 소리다.

두 사람이 서로 원을 그리며 대치하다 남궁혁이 먼저 공격에 들어갔다.

채앵!

진유청이 남궁혁의 검을 쳐 낸다.

"별것 아니잖아?"

내공을 실었을 거라 생각해 긴장하고 있었는데 남궁혁의 검이 예상보다 훨씬 가볍다.

"이 자식이!"

남궁혁이 붉으락푸르락해진 얼굴로 재차 공격에 들어간다.

몸을 바깥쪽으로 회전시켜 심장을 노리고 찔러 들어오는 남궁혁의 검을 피한 진유청이 남궁혁의 등을 노린다.

남궁혁이 재빠르게 몸을 틀어 그런 진유청을 저지한 후 다시 검을 뿌렸다.

채채채챙!

둘의 검이 빠르게 부딪친다.

진유청은 한 번도 남궁혁에게 밀리지 않았다.

"……내공이 있어?"

남궁혁이 눈을 부릅뜬다.

내공만이 아니다. 검술 또한 허투루 볼 수 있는 정도가 아니다.

수련이라곤 하는 걸 본 적이 없고, 스스로 무공엔 관심 없다 말한 패배자가…… 남궁세가의 삼공자인 자신과 같은 수준이란 걸 절대 인정할 수 없다!

남궁혁의 검이 한층 더 거세게 진유청을 파고들었다.

한편 진유청은 아슬아슬하게 남궁혁의 검을 피하면서 의아한 듯 중얼거린다.

"내공이라니?"

진유청은 남궁혁이 한 말을 이해하기 어려웠다.

“이 비열한 놈! 아무것도 가진 게 없다는 듯 지금껏 숨기고 있었구나.”

남궁혁의 얼굴을 보니 거짓을 말하는 거 같진 않다. 저놈은 정말 그렇게 생각하는 모양이다.

“뭐, 마음대로 생각하던지.”

자신이 뭐라 말한다고 해서 믿을 것도 아니면서 왜 빽빽 소리는 지르는지.

카앙!

진유청이 자신의 목을 찌르는 남궁혁의 검을 쳐 낸 뒤 발을 들어 그의 배를 걷어찼다.

퍼억, 하는 강한 타격음과 함께 남궁혁이 뒤로 밀려나지만 그는 어떻게든 넘어지지 않으려 두 다리에 힘을 줬다.

“내가 너 따위에게 쓰러질까 보냐! 이 쓰레기 같은 놈아!”

남궁혁의 악문 잇새에서 새어 나오는 소리가 독기로 질척인다.

남궁혁은 이대로 물러날 수 없었다. 상체를 앞으로 비스듬히 숙이며 무릎을 굽혔다 펴서 반동을 줌과 동시에 발을 굴러 일직선으로 진유청을 향해 쏘아졌다.

쇄애애액!

바람을 찢는 날카로운 소리가 들린다.

진유청은 자신을 향해 다가오는 남궁혁을 노려본다.

난 저게 뭔지 안다.

저건 사람을 사람으로 보지 않는, 땅 아래 세상을 현세에 펼치는 악귀다.

나 또한 악귀였으니, 알 수 있다!

진유청의 작은 몸에서 강한 기운이 물씬 풍겨 나온다. 그의 손이 검과 하나가 되어 남궁혁을 가리켰다.

"니네 땅으로 꺼져! 제발, 좀! 가!"

말을 시작하며 휘두른 검은 자신의 코앞까지 짓쳐 든 남궁혁의 검을 쳐 내며 그의 배를 무릎으로 찍어 올린 뒤에야 마무리된다.

하나 공격은 거기서 끝이 아니었다.

진유청은 자신의 무릎에 찍혀 몸이 허공으로 붕 떠오른 남궁혁의 등 쪽으로 파고든 다음, 양손을 위로 올려 그의 허리를 끌어안고 깍지를 낀 다음 그대로 바닥에 머리부터 메다꽂았다.

쿠우웅!

남궁혁이 거꾸로 바닥에 꽂힌 자세 그대로 희미하게 경련하더니 옆으로 나가떨어진다.

머리에서 흘러나온 피로 얼굴을 적시고, 침이 질질 새어 나오는 벌어진 입은 남궁혁의 영준한 얼굴을 기괴하게 만들었다.

뭐, 이렇게 보니 남궁혁 니 얼굴이나 내 얼굴이나 별로 차이도 없네.

"난 정말 니가 여러 가지로 싫은 거 있지. 뭐, 너도 내가 싫겠지만."

진유청이 남궁혁을 발끝으로 툭툭 차며 중얼거렸다.

어쨌건 완전히 기절해 나자빠진 남궁혁을 보니 안도의 한숨이 나온다.

내 큰 머리 아직 몸에 잘 붙어 있는 거겠지?

혹시 같은 놈한테 두 번 죽는 재수 오지게 없는 일이 일어나는 건 아닐까 싶어 잔뜩 긴장했던 것에 비하면 일방적인 결투긴 했다.

"흐음, 그러고 보니 나 너무 세졌잖아?"

진유청은 아무리 생각해도 자신이 너무 잘 싸운 것처럼 느껴졌다.

없었던 재능이 갑자기 생기기라도 한 건가?

"아니면 한수랑 얘기했을 때 생각했던 것처럼 번개 맞고서 기연이라도 얻었나?"

진유청이 고개를 갸웃거린다.

하지만 기연이라고 하기엔 자신의 몸 상태는 활력이 넘친다는 것만 빼면 달라진 점을 모르겠다.

그저 모든 것이 자연스럽고, 어떤 동작을 해도 위화감이 느껴지지 않게 몸이 원하는, 검이 가리키는 곳을 향해 흘러간다?

"우화등선 비법을 외운 후로는 평범한 무공과는 너무 궤를 달리하는 쪽으로만 흘러가니……. 이러다 나중에 완전히 자연체가 되는 거 아닌지 몰라. 그냥 길가에 서 있으면 나무가 되고, 땅에 구르면 돌멩이가 되고……."

자기가 얘기하고도 웃긴지 진유청이 피식 입꼬리를 말아 올린다.

그리고는 뒤로 돌아 연무장 가장자리에 어느 한곳에 시선을 줬다.

"난 관심받는 거 별로 안 좋아하는데, 너무 뜨거운 시선으로 바라보네……. 쩝."

진유청은 두 개의 시선 중 하나는 개방 출신이라던 소기일 거라 짐작했지만 다른 한 명은 누군지 도통 짐작이 안 갔다.

뭐, 하방에 아는 녀석은 남궁혁과 정한수뿐인데, 남궁혁은 자기 발밑에 쓰러져 있고, 정한수는 자신의 방에서 자고 있으니……. 자신이 알 턱이 없긴 하다.

혹시나 자신에게 위급한 상황이 닥쳤을 때 필요할지도 몰라서 그냥 뒀는데, 너무 일방적인 결투를 한 지금은 불편한 증인으로 남아 버렸다.

어쨌거나 이미 벌어진 일.

저들의 입이 무겁길 바랄 수밖에.

다른 건 몰라도 자신의 배때기를 쑤셨던 놈이 바닥에 엎어져 있으니 좋긴 좋다.

"이 자식, 내일 일어나서 칼 들고 나한테 쫓아오는 거 아닐까."

그러고도 남지 싶긴 하지만…….

"최대한 알아듣게 해 보는 수밖에……."

오현이가 썼던 방법을 쓸 수만 있다면 참 좋겠지만, 자신도 못 하겠는 건 둘째치고 남궁혁은 그런 일을 당하면 바로 자결해 버릴 거다.

남궁세가 삼공자가 그렇게 죽으면 남궁세가의 분노는 고스란히 자신에게 되돌려지겠지.

그러면 혈사방주의 아들을 죽인 것과 마찬가지 꼴이 된다.

이것도 안 돼, 저것도 안 돼……. 참 피곤한 인생이다…….

진유청이 한숨을 푹 쉬고는 남궁혁의 한쪽 팔을 잡고는 질질 끌며 하방 숙소로 들어갔다.

뒤처리를 해야 했으니까.

◑　　◑　　◑

"봤나?"

"……그래."

소기의 물음에 사도진이 느릿하게 대답했다.

"어때?"

"강하군."

사도진의 낯빛이 좋지 못하다.

같은 모임에 소속되어 있는 남궁혁이 처참하게 진 것도 마음이 안 좋았지만, 그보다 더 거슬리는 건 남궁혁의 실력이 사실 또래에 비해 크게 뒤처지지 않는다는 거였다.

남궁세가의 삼공자가 자질이 웬만큼 부족하지 않고서야, 그 정도 뒷받침을 해 주는 데 약하기가 더 어렵다.

"네가 한밤에 갑자기 재밌는 구경을 시켜 준 대서 나왔다가 놀라운 걸 봤군."

사도진이 소기를 바라보며 말했다.

그리고는 진유청이 남궁혁을 끌고 들어간 길을 눈으로 훑다 중얼거린다.

"뭘 믿고 저랬을까? 남궁혁이 가만있지 않을 텐데……."

"어차피 진유청이 뭘 하건 남궁혁은 저 녀석을 그냥 두지 않으려 할 테니, 이왕이면 분풀이라도 하는 게 낫겠지. 저 정도로 일방적인 씨움을 할 줄은 몰랐지만."

사도진의 혼잣말에 소기가 자신의 생각을 덧붙였다.

"우리가 보고 있었다는 걸 알면, 혁이 녀석 수치스럽다며 학관을 그만둘 것 같군."

사도진이 혀를 찬다.

아무래도 절대 비밀로 해야 할 것 같았다.

"그러지."

소기는 그래도 상관없다 생각했지만 일단은 사도진의 의견에 동의했다.

다음날, 기절에서 깨어난 남궁혁은 진유청이 남겨 놓고 간 편지를 읽으며 거품을 물었다.

몸은 괜찮냐고 묻는 인사말로 시작된 진유청의 편지엔 아주 많은 것이 담겨 있었다.

일단 어제 아무 일도 없었다는 걸 강조했다.

자신은 복면인들에게 습격당했으나 그들의 정체를 알지 못하고, 남궁혁은 어제 진유청 자신과 정당한 결투를 벌였지만 둘 중 이긴 사람은 없다는 뜻이다.

바꿔 말하면 남궁혁이 지지 않은 걸로 해 준다는 것.

그리고 또래의 수련생 하나 죽이려고 수하 다섯을 보냈다가 둘이 죽고, 그마저 꼬리가 남아 뒤처리를 해야 했는데, 진유청 자신이 그 사실을 폭로하여 무림맹에 제소하면 아무리 남궁세가라해도 삼공자를 끝까지 감싸기만 할 순 없을 거란 것을 첨언했다.

남궁혁이 보낸 호위들은 꼬리가 길었고, 진유청은 부학

장 상두가 일을 완전히 처리해 덮어 버리기 전에 남궁혁을 찾아와 일을 벌였다.

그리고 처참할 정도로 남궁혁을 뭉갠 다음 이겨 버렸다.

그게 최악의 상황을 만들었다.

게다가 자신의 머리에 아무렇게나 칭칭 감겨 있는 더러운 붕대와 상처에 발라진 출처를 알 수 없는 연고는 대체 뭐란 말인가?

상처에 약을 발랐으면 시원하거나 통증이 덜해야 할 것을…….

남궁혁은 머리통부터 발끝까지, 연고를 바른 곳이 모두 가려워 미칠 것 같았다.

진유청 이 자식, 대체 무슨 짓을 한 거야!

"으아아아악!"

하방에 남궁혁의 비명 소리가 오래도록 울려 퍼졌지만 그 이유에 대해 정확히 아는 이는 단 두 명뿐이었다.

　　　◑　　　◑　　　◑

진유청의 납치 사건은 부학장 철두 선에서 조용히 마무리 지어졌다.

철두는 진유청을 불러 상황 조사도 하지 않고, 오히려 진유청에게 수련생들이 동요할 수 있으니 그 일에 대해선 발언을 삼가 달라 요청했다.

물론 상방 수련생인 진유청이 거절할 수 있는 권한을 갖기도 어려웠지만, 그 자신이 할 마음이 없었다.

사실 진유청도 자기 마음대로 학관에서 무림맹으로 드나들었다는 게 알려지면 꽤나 곤란해질 것이다.

남궁혁은 쓰레기장에서 진유청을 죽일 생각만 했지, 그 자체가 하나의 꼬투리가 된다는 것까진 생각이 미치지 않은 모양이다.

아니면 그 정도 꼬투리는 자기가 하고 싶은 것에 비해 너무 보잘것없어서 무시했던 걸지도 모르고.

부학장 철두는 정말이지 그답지 않게 재빠르게 일을 처리했다.

대부분은 그를 뒤에서 움직이며 일을 도운 남궁세가가 해낸 것들이겠지만.

남궁혁이 제 방에 틀어박혀 나오지 않자, 진유청도 그에게 썼던 편지대로 약속을 지켰다.

하노에게 예전에 받은 약은 의외로 상처에도 효과가 좋은 모양이었다. 남궁혁 그 녀석 꽤 다쳤을 텐데 따로 더 치료를 받기 위해 의약전에 다녀갔단 얘기를 듣지 못했다.

나도 쓰게 하나 더 달래 볼까?

벌레 물린 데 바르는 약이 의외로 상처 치료에도 효과가 있나 보네.

진유청이 신기해한다.

진유청은 만약 남궁혁을 완전히 제거할 방법이 있었다면, 좀 두들겨 패고 장난질을 치는 정도가 아니라 주저 없이 그쪽을 택했을 거다.

하지만 지금 당장은 그런 좋은 수가 없다.

상방 수련생이 폭로전을 벌여 봤자, 남궁세가를 전면으로 끌어올리는 것밖에 되지 않을 거다.

서로 상처를 입히면 이쪽이 먼저 무너진다.

아직은 때가 아니다.

어차피 이현 형님도 남궁세가의 대공자와 엇갈렸고, 자신도 남궁혁과 같은 하늘 아래 있기 어려운 사람들이니 언젠가 결판이 나겠지.

제발 더 이상 건드리지만 마라, 남궁혁.

진유청이 속으로 되뇌었다.

# 第十一章

## 첫사랑

산길에 놓인 커다란 바위 뒤에서 뭔가가 불쑥 솟아오른
다.

반질반질 밀어 놓은 정수리가 햇빛을 받아 반짝반짝 빛
이 났다.

"이제 아무도 없나?"

눈만 빠끔 꺼내 놓고 바위 뒤에 숨어서 주위를 살피는 이
는 바로 무진이다.

주위가 조용하자 무진이 바위 위로 기어 올라간 뒤 몸을
일으켰다.

"얼마나 더 내려가야 하는 거지? 혼자선 와 본 적이 없
어…… 모…… 르, 츱츱, 겠네."

중얼중얼하다 보니 저도 모르게 또 손가락을 입에 물었
다.

"에잇! 안 되는데."

스승님도 그렇고, 무서운 사형들도 이제 손가락은 그만
빨 나이가 됐다고 했다.

무진이 아쉬운 듯 손가락을 입에서 뺀다. 그리고 허리춤
에서 손수건을 꺼내 입가를 닦았다.

바위에서 깡충 뛰어내린 무진이 주변을 둘러보며 아래로
내려간다.

그러다 양 갈림길이 나오자 그 앞에서 한참을 고민한다.

어디로 가야 하지…….

"어? 저기 누가 오네? 물어봐야겠다."

무진이 활싹 웃으며 쭈그리고 앉아 올라오는 사람들을
기다렸다.

그리고 인기척이 어느 정도 다가왔을 때 폴짝 뛰어 길 한
가운데로 나섰다.

"저기 물어볼…… 사백!"

길을 물어보려던 무진이 놀라서 눈앞에 서 있는 사람을
보고 외친다.

"너 이 녀석!"

바로 불호령이 떨어졌다.

무진이 미간을 좁히며 시무룩하게 고개를 숙였다.

“또 가출이더냐! 내 이 녀석을 오늘 아주 혼꾸멍을 내놓을 것이야!”

목영이 소매를 걷어붙이고 화를 낸다.

“사제, 그만하게. 사제가 그렇게 싸고도니 무진이가 더 저러는 게야. 지금만 해도 그렇지. 내가 녀석을 혼낼까 봐 먼저 선수를 친 게 아닌가.”

사형의 말에 목영이 멋쩍게 되묻는다.

“아셨습니까?”

“알지, 내가 그걸 어찌 모를까.”

목영이 고개를 끄덕이며 한발 물러났다. 그리고 무진을 향해 눈을 부라린다.

“어서 잘못했다고 못 할까!”

무진이 입을 삐죽 내밀면서도 억지로 말한다.

“제가 잘못했어요, 사부님.”

무진의 사부라 하면 바로 무림의 태산북두라 일컬어지는 소림의 방장이 아닌가.

“잘못했다고 하면서도 같은 실수를 한다는 건, 애초에 잘못했다는 생각조차 갖고 있지 않았다는 거다. 그런데도 너는 같은 잘못을 되풀이하여 업을 쌓고, 그만큼의 사과를 하여 또 그 위에 업을 쌓으니 이를 어찌하면 좋겠느냐.”

사부의 말에 무진이 미간을 찡그린다.

솔직히 무슨 말인지 모르겠기 때문이다.

"오늘은 돌아가면 벌을 받아야 할 것이다."

무진이 울상을 짓는다.

"가자."

"네!"

소림 방장을 필두로 소림의 여러 고승들이 줄을 지어 소림사로 올라갔다.

무진이는 행렬의 꽁지에 따라붙어 몇 번이나 고개를 돌려 산 아래를 바라본다.

"우웅…… 유청이한테 놀러 갈 건데……."

무진이의 눈에 안타까움이 가득했다.

◑　　◑　　◑

"너는 방장의 막내 제자로서 타의 모범을 보여야 하거늘, 아직도 어린 티를 벗지 못하고 사고를 치니, 내 어릴 적 너를 괜히 하남 진가장에 보낸 것 같구나."

방장인 목인이 강수를 둔다.

"아, 아녜요, 사부님! 제가 잘못했어요, 이제 다신 안 그럴 거예요."

무진이 어쩔 줄 몰라 했다. 자신 때문에 진가장이 안 좋은 말을 들어야 하다니…….

"무진아, 너는 속세로 내려가고 싶으냐."

목인이 화를 갈무리하며 진중한 어조로 묻는다.

무진의 나이 이제 열 살이다.

스스로 제 길을 만들어 나가기엔 어리지만, 소림의 고아한 향취와 예불 소리보다 저잣거리의 군것질과 폭죽 터지는 소리가 더 좋을 수도 있는 나이다.

예전 같으면 이 어린아이가 천하에 정붙일 곳이 소림 말고 또 어디 있을까 싶어 생각도 못했을 일이지만, 이젠 이 녀석을 제 가족처럼 돌보고 아껴주는 진가장이 있으니…….

아무리 아껴서 품에서 싸고도는 막내 제자라 해도, 아니 오히려 그렇기 때문에 무진이 원하는 대로 해 주고 싶었다.

"전 여기가 좋아요. 사부님도 좋고, 목영 사백도 좋고……. 예불도 부처님도, 무공을 익혀 몸을 수련하는 것도……."

무진의 눈에 진심이 엿보인다.

하긴 그런 게 아니더라도 무진은 거짓말 같은 건 할 줄 모르는 순수하기 그지없는 아이였다.

"그런데 왜 자꾸 나가려 하누. 그리고 한 번도 성공을 못 하고 말이야."

그 좋아하는 진가장보다 자신이, 그리고 소림이 더 좋다는 막내 제자의 말에 목인의 입가에 저도 모르게 빙그레 미소가 지어진다.

"양 갈림길이 나오면 어느 한쪽을 선택해야 하는데, 그

걸 못 하겠어요. 그래서 누가 오길 기다리는데, 거의 사형이나 사백, 그도 아니면 이대제자들과 만나게 돼요.”

무진이도 한 번도 성공하지 못한 게 마음에 들지 않는다는 듯 투덜댄다.

“양 갈림길이라……. 다음엔 눈을 감고 자연을 느낀 다음, 바람이 인도하는 대로 발을 내딛어 보거라. 그럼 네가 원하는 길로 데려다 줄 수도 있고, 그렇지 않다면 되돌아와 다시 새로운 걸음을 옮기면 되지 않겠느냐.”

“와아! 좋은 생각이네요, 사부님!”

무진이 폴짝폴짝 뛰며 좋아한다.

“하지만! 또다시 가출을 하면 그땐 조용히 넘어가지 않겠다!”

목인이 제자인 무진에게 엄하게 말했다.

목인의 눈치를 보면서 무진이 고개를 끄덕인다.

“유청인가 하는 아이가 무림학관에 갔다고 했나?”

“네. 무림맹 안에 있는 건데, 친구가 엄청 많은 데래요. 유청이가 가서 저도 가 보고 싶어요.”

무진의 가출 목적이었다.

“흐음. 그렇게 가 보고 싶으냐?”

“네!”

무진이 눈을 빛낸다.

옆에서 방장께서 이번에야말로 역정을 내시는 게 아닐까

걱정하던 목영의 안색도 좀 풀렸다.

"유청이란 아이가 자네 말대로 그렇게 뛰어난가?"

"무진이를 보면 아시지 않으시겠습니까. 저 아이만 그런 게 아니라 유청이와 함께 자란 아이들은 대부분 그렇습니다. 밝고 맑지요. 무당의 청운자나 개방의 홍개가 받아들인 녀석들도 우리 무진이와 비슷할 겁니다."

목인은 목영이나 자신의 막내 제자가 입만 열면 칭찬을 하는 유청이란 아이를 한번 만나 보고 싶어졌다.

"얼마 후 무림맹에서 무림맹 총회의가 있네."

목인이 목영과 자신의 제자 무진을 번갈아 가며 바라보다 말했다.

"나와 함께 갈 마음이 있으면 내 둘 다 데려가도록 하지."

"감사합니다, 방장님."

자기 마음대로 원할 땐 유청이를 만나러 갈 수 있는 목영이지만, 외유가 흔치 않은 방장님을 모시고 무진까지 함께 갈 수 있는 일은 드물다.

목영이 크게 기뻐했다.

"무진인 좋지 않으냐?"

방장 목인이 자신의 막내 제자에게 묻자 무진이 밝은 얼굴로 대답했다.

"너무 좋아서 그래요!"

“그럼 그렇게 알고 준비들 하도록 하게. 그때까지 무진이는 매일 반성문과 함께 불경 읽는 시간을 두 배로 늘리겠다. 알겠느냐?”

“네, 사부님!”

무진이 크게 고개를 끄덕였다.

부모 없이 외롭던 무진을 밝게 만들어 주고, 가족의 정으로 소림과 사람들을 묶어 준 유청이란 아이…….

그렇지 않아도 방장인 목인은 한번 그 아이를 보고 싶다고 생각하고 있었다.

무진으로 인한 개인적인 호의에 진호철이 있는 동심회에 대해 좀 더 알아야 할 필요가 더해진다.

“그럼 나가들 보게.”

목인의 밀에 목영과 무진이 공손히 허리를 굽히고 밖으로 나갔다.

“이제 유청이 보러 갈 수 있는 거예요, 사백?”

“그럼. 손가락을 열 개씩 두 번 모두 접은 후엔 갈 수 있다.”

무진이 손가락을 하나씩 접었다 폈다 하며 장난을 치자 목영이 부드럽게 미소 지었다.

◖　　◖　　◖

"조심해서 가, 형. 가면 우리 아버지한테 내가 써 준 편지부터 드리고."

"그래, 알았어. 이 은혜는 정말 잊지 않을 거야."

조량이 몇 번이고 진유청에게 말하며 그의 손을 놓지 않았다.

처음엔 미심쩍어 했던 조량의 아버지도 진유청이 조량의 선한 마음과 끈기를 높이 평가하여 권하는 거라 몇 번 설명을 해 드리고 나니, 완전히 진유청을 믿게 됐다.

무림맹 하급 무사는 대우가 박하고 일이 힘들어 그냥 도망치는 이들이나 그만두는 이들도 많은지라 고향으로 내려가 농사를 짓겠다 말하는 조량과 그의 부모를 말리는 이는 없었다.

조량과 그의 부모는 몇 번이나 진유청에게 감사 인사를 한 뒤 헤어졌다.

조량은 무엇이든 원하는 걸 얻을 수 있으리라.

굳이 진유청이 나서지 않아도 스스로 해낼 수 있는 사람이니까.

진유청은 자신으로 인해 뒤틀린 조량의 앞날이 밝기를 진심으로 기원했다.

부학장 철두는 진유청을 납치한 이들이 남궁세가 인물들이란 걸 알기에 쪽문에 대한 경비에 크게 신경 쓰지 않았고, 덕분에 진유청은 조량 가족과의 작별 인사를 무사히 끝낼 수 있었다.

진유청이 무림학관에서 무림맹으로 통하는 쓰레기장의 쪽문을 완전히 닫았다.

이제 이곳으로 움직여야 할 일은 없으리라.

◐　　　◑　　　◐

한동안 정신이 없다가 이제야 좀 쉴 수 있을 거라 생각하며 잰걸음으로 방에 돌아온다.

침상에 누워 실컷 빈둥거리고 놀아야지, 라고 다짐하는 진유청에게 시련이 닥쳤다.

지금부터가 바로 시작이었던 것이다.

"유청이아, 내 발 솜 들어라, 응?"

정한수가 눈가를 생글생글 휘며 진유청의 옷자락을 잡아당긴다.

진유청은 그런 정한수에게 눈을 부라리며 저리 가라 손을 바깥으로 내저었다.

"고집불통아! 친구가 이렇게까지 얘기하는데, 들어주는 시늉이라도 하면 안 되냐!"

드디어 인내심에 한계가 왔는지 정한수가 흰 이를 드러낸다.

나긋한 말투에 송곳니라니…… 어울려서 더 무서운 녀석

같으니라고.

"난 정말 사도진이란 녀석과 잘 지내고 싶은 생각 없어."

다른 놈도 아니고 사도진이라니……!

"그래도 하방에서 그나마 인간 같은 녀석은 그 녀석뿐이라고. 내가 주선하면 나올 거야. 그때 애기 잘하면 어느 정도 의지할 수 있는 버팀목은 될 거야."

"내가 왜 남을 의지해. 난 나 혼자서도 잘살 수 있어!"

진유청이 인상을 쓴다.

"그래서 납치당하다 벼락 맞아서 발가벗고 쓰레기장에 기절해 있었냐?"

"그 애기가 여기 왜 나와!"

빽 소리를 지르는 진유청에게 정한수가 말했다.

"다음에도 그렇게 운이 좋을진 모른다는 거다!"

정한수가 화산으로 떠나는 날짜가 보름 뒤로 확정됐다.

자기가 없으면 뒷배도 없이 성질만 더러운 진유청이 남궁혁에게 무슨 일이라도 당할까 봐 불안한 모양이었다.

마침 납치 사건까지 있었으니 더욱 마음이 쓰였겠지.

진유청은 한수가 화산 장로의 제자란 건 알았지만 그 장로가 대장로인지는 몰랐다.

그것도 혜아에게 정략혼을 권하려 했던 노망난 노인네.

만약 단리 상단주가 받아들였다면……. 으음…….

진유청은 설마 하면서도 정한수를 요리조리 뜯어본다.

만약 그 노인네가 자기 제자를 혜아의 신랑감으로 밀어 붙이려 했다면 이 녀석밖에 없겠지?

정한수에게 따로 사형제가 몇이냐 했더니 나이 차가 꽤나 나는 사형만 두 분 있다고 했으니 말이다.

"진유청! 됐다, 됐어!"

진유청이 다른 생각을 하는 동안에도 정한수는 내내 그 사도진인지 뭔지를 소개받으라 얘기하고 있었나 보다.

정한수가 저렇게까지 나오니 진유청도 웬만하면 들어주고 싶었으나…….

사도진은 진유청의 첫사랑이 좋아했던 남자다.

진유청이 무림학관에 있는 동안 내내 눈길 한 번 받기를 원했고, 그토록 쫓아다녔던 소녀, 안설희.

그기 무림학관으로 올 때 진유청이 만나야 할 네 명과 만나지 말아야 할 네 명을 꼽았을 때, 그 두 경우 모두에 들어갔던 여자.

형이 모용운지를 부인으로 맞아 데려왔을 때, 자신은 그녀보다 더 아름답고 기품 있는 여인을 부인으로 삼을 거라 다짐하면서 머릿속에 그렸던 단 한 사람.

하지만 애정이란 건 마음먹은 대로 되는 게 아니니, 진유청은 상처만 받고 더욱 방탕해졌었다.

그런데 이제 와 그녀의 남자한테 또다시 빌빌대라니!

이건 남궁혁에게 배때기가 쑤셔졌던 것과는 조금 다른

종류의, 뭐랄까…… 미운 건 아니지만 껄끄럽고, 기꺼이 같이 밥은 한 끼 먹을 수 있지만 소화는 잘 안 되는…….

강아지는 모르는 어른의 세계가 있는 거다.

"너무 걱정하지 마. 그리고 너도 곧 학관으로 다시 돌아오게 될 테니까, 헤어진다고 너무 속상해하지 말고."

진유청의 토닥임도 마음 상한 정한수를 달래주진 못했다.

"니가 어떻게 알아!"

"다 아는 수가 있단다."

진유청의 입꼬리가 삐죽 솟구친다.

저렇게 얄궂게 웃을 때마다 손이 절로 올라가지만, 정한수는 자신은 나채환이 아니라고 되뇌며 잘 참아 냈다.

"한수 너 가고 나면 여자 수련생들이 엄청 섭섭해하겠다."

권오현이 다가와 하는 말에 진유청의 귀가 쫑긋거린다.

"그러게."

정한수가 조금도 주저하지 않고 동의하자 진유청의 눈에 불똥이 튀겼다.

"그러게는 뭐가 그러게야! 이 바람둥이야!"

이런 놈과 혜아가 엮일 뻔하다니, 이 혼인 절대 반대다!

"얘가 왜 이러나? 바람둥이라니……. 나는 그저 귀여운 꼬마 아가씨들의 마음을 거절하여 상처를 줄 수 없었던 것뿐이야. 인기 없는 유청이는 좀 이해하기 어려운 세계이려나?"

이게 지금 뭐라는 거야!

너도 어리거든요?

댁의 나이도 열한 살밖에 안 됐거든요? 지랑 몇 살 차이나 난다고 꼬마 아가씨는 무슨 꼬마 아가씨야, 느끼하게!

진유청이 눈가를 씰룩이자 정한수가 슬금슬금 뒤로 물러났다.

"뭐 꼭 이해를 못 할 거라는 건 아니고…….."

뒷말을 길게 빼며 흐려 주는 게 놀리는 게 맞다.

"유청이도 남궁 공자하고 그렇게 틀어지지만 않았어도 여자 수련생들한테 그렇게 눈치받지 않았을 텐데."

"거기서 그 얘기가 왜 나와?"

진유청이 정말 몰라서 묻는 눈치이자 권오현이 말했다.

"남궁 공사가 여자 수련생들한테 인기 많거든. 그런데 네가 급식소에서 남궁 공자에게 면박을 주고, 앉으려는데 의자 걷어차고 그랬다며."

면박 준 건 정한수고, 의자 걷어찬 건 나채환이다.

나는 앉을 데가 없어 힘들어 하는 오현이에게 굴러다니는 의자를 주워다 앉으라 건네준 죄밖에 없는 것을!

진유청이 나채환과 정한수를 노려봤다.

"내가 인기 없는 게 다 너네 때문이었구나."

"에이, 그건 아니고 원래에…….."

권오현이 피식 웃으며 손사래를 치다 말고 굳는다.

“그래, 그건 아니라 이거지?”

진유청이 눈은 웃지 않은 채 입꼬리만 말아 올리자 권오현이 축 처진 눈가로 입을 연다.

“아냐, 아냐, 말이 잘못 나온 거야. 절대 그런 뜻 아녔어.”

“에휴. 됐다, 됐어.”

진유청이 삐치면 으레 그러듯 침상에 누워 이불 속으로 꿈지럭거리며 파고든다.

“걸핏하면 침상에 누워 애벌레 놀이나 하고. 그러니 인기가 없는 거야!”

“안 하면 인기가 생기냐? 그것도 아니잖아.”

“하면 안 그래도 없는 인기가 바닥을 지나쳐 지하로 파고들어가는 거지.”

정한수는 가차 없었다.

저 나쁜 놈. 사도진이랑 안 논다 그랬다고 저야말로 삐쳐서는!

사실 진유청이 기댈 데가 없는 건 아니다.

진유청이 진가장에서 뿌려 놓은 것만 해도 얼마인가.

소림의 목영, 개방의 홍개, 무당의 청운자를 비롯하여 북경의 형부상서까지.

하지만 그건 자신이 딴 과실이 아니기에 참는 거다.

진가장과 이현 형님을 위해 잘 자라도록 물을 주고 거름을 주며 가꿔야지, 열매 하나 열렸다고 냉큼 따먹으면 내년엔 굶어야 한다.

언젠가 참고 기다리면 용이 될 애들을 붕어로 구워 먹으면 뭐가 남나.

그래서 그러는 것뿐이다.

그들이 성장하고, 진가장이 성장하여, 함께 더 높은 곳으로 나아갈 수 있을 때를 위해.

사실 정한수가 저러는 것도 이해가 간다.

자신도 남궁혁이 자신을 불구로 만들려 했을 때 얼마나 기겁했나. 그리고 그대로면 또다시 일을 꾸밀 것 같아 결국 검 한 자루 들고 가서 한판 붙지 않았던가.

그나마 자신이 결투에서 이기고, 서로 맞물려 꼬투리 잡혀 있는 것들로 인해 대충 덮어지긴 했으나…… 그 기억은 평생 갈 거 같다.

진짜 그 일 덕에 내 몸은 내가 지킬 수 있어야겠구나 싶어 요즘은 강 교두의 수업에 나가고 있을 정도다.

"유청아."

갑자기 정한수가 진유청을 부른다.

이불 밖으로 눈만 빠끔 내민 진유청이 정한수와 눈을 맞춘다.

"왜?"

"사도진이 싫으면 개방의 소기라도 소개해 줄까?"

질기기가 소림의 목영 선사님보다 더하구나, 한수야.

니가 최고다.

그건 그렇고 사도진 다음에 나오는 녀석이 소기라니.

……하방에 진짜 인물이 없긴 한가 보구나.

사도진 녀석, 성격 좋고 그럭저럭 괜찮은 놈인 건 과거부터 익히 알고 있는 사실이지만 소기라는 녀석은 하방 숙소에 갔다 마주쳤을 때 바로 감이 왔다.

같이 놀면 왠지 뒤통수가 근지러울 거 같은 놈.

말 하나 하면 그 안에 뜻 열 가지 있는 거 아닌가 고민하게 만드는 찜찜한 놈!

그런 녀석이 그나마 인간성 괜찮은 편에 속해서 니가 나한테 소개를 해 주려 하는 거라면 대체 하방 수련생들은…… 인간의 기본도 안 된 애들이 대부분이란 거냐? 예를 들면 남궁혁 같은……?

더 같이 놀기 싫어진다!

"그냥 니가 빨리 학관으로 돌아와. 그리고 내 인간관계는 내가 알아서 할 테니, 그냥 누굴 소개시켜 주고 싶으면 여자로 해 줘. 그러면 내가 입 닫고 조용히 나가서 인사할게."

정한수의 말아 쥔 주먹이 천천히 올라가서 진유청의 머리로 향했다.

퍼억!

◐　　　◐　　　◐

진유청은 정신을 집중하여 검을 휘둘렀다.

슈아악!

바람을 가르거나 찢지 않는다.

바람을 아우르며 타고 흐르는 검은 자연스럽고 소박했다.

"굉장한데? 정말 무공 따로 익힌 거 아니래?"

"처음 왔을 때부터 자긴 그런 데 관심 없다며 하루 종일 빈둥거리고 놀고, 그랬잖아."

아이들의 수군거림이 들려온다.

"천잰가 봐."

누군가의 말에 진유청의 발이 꼬였다.

이번엔 진유청이 자주 써먹는 억지로 파닥파닥 넘어지는 신공이 아니나. 신짜로 넘어졌다.

우당탕탕!

검을 든 자세 그대로 고꾸라지니 모양새가 참 보기 흉하다.

진유청이 벌떡 일어나 전혀 아프지 않은 척 흙먼지를 툭툭 털었다.

"천재 같은 건 아닌가 봐."

솔직히 애들이 주위에서 감탄을 하며 곁눈질을 하니 과도하게 손과 발에 힘이 들어간 건 사실이다. 하지만 억울했다.

……내가 언제 천재랬냐?

자신의 입으론 한 번도 그런 수줍은 말을 꺼낸 적이 없었다. 지들이 잘못 알아 놓고서 왜 나한테 그래?

입을 삐죽 내민 진유청이 검을 좀 더 휘두르는 척하다가 얼른 연무장을 나섰다.

◖    ◖    ◖

"안녕?"

진유청은 자신을 부르는 소리에 휘휘 고개를 젓다 연무장 가장자리에 빙 둘러 심어진 나무 기둥에 등을 기대고 서 있는 소년을 발견한다.

"누구지?"

다짜고짜 인사도 받지 않고 자기 할 말만 하는 진유청은 무례해 보였지만 소년은 개의치 않는다.

"나는 사도진이야."

"그……래?"

진유청이 조금 당황했다.

사도진이 왜 자신에게 인사를 하지? 아니 그전에 나를 알기나 하나?

"혹시 한수 부탁받고 온 거야?"

"한수? 정한수가 왜?"

전혀 모르는 눈치다.

"모르면 됐어."

진유청이 고개를 끄덕인 뒤 사도진을 스쳐 지나가려 한다.

사도진이 눈살을 찌푸렸다.

사도진은 얼마 전 남궁혁과 진유청의 싸움을 눈여겨본 이후 진유청에게 흥미가 생겨 이렇게 일부러 찾아온 참이다.

"예의가 없군."

사도진이 나직한 어조로 입술을 달싹인다.

진유청이 걸어가다 말고 걸음을 멈췄다.

스스로도 자신이 너무 쌀쌀맞았나 싶은 생각이 들긴 한다.

과거에는 사도진을 싫어했는데, 지금은 사도진이 불편하다.

진유청은 덤덤한 어조로 입을 열었다.

최대한 아무렇지도 않게.

"그런 건 아니고. 하방 수련생들과는 아무래도 뭐가 잘 안 맞는 거 같아서 말이야."

"정한수와는 잘 지내잖나?"

정한수 얘기가 나오자 진유청이 피식 웃는다.

"그 녀석이야 이름만 하방 수련생이지. 우리 상방 오호에 아주 죽치고 살잖아. 예전엔 옷이라도 가지러 가고 그러더니, 이젠 옷도 짐도 다 가져와서 같이 지낸다."

"그렇군."

정한수에 대한 얘기를 하며 작게나마 웃음소리가 흘러나

오자 냉각됐던 분위기가 조금 누그러진다.

"하여튼, 그럼 다음에 보자."

진유청이 사도진에게 말했다.

"그래, 다음에 보지."

사도진도 굳이 잡지는 않았다. 어차피 같은 무림학관에 있는 한은 마음만 있다면 언제든지 다시 볼 수 있었으니까.

그로부터 며칠 후, 정한수가 갑자기 낮부터 닦달을 하여, 씻으라, 옷을 갈아입으라 귀찮게 굴기 시작했다.

"야, 어디 가는데 그래?"

씻기고 옷 갈아입히고 해서 데리고 가는 목적지가 대체 어디냐.

혹시 날 팔아먹거나, 잡아먹거나…….

"안 그래. 유청이 너처럼 성질 더러운 애를 누가 사 간다고."

누가 뭐랬냐!

진유청이 자신의 얼굴을 손등으로 비빈다. 생각한 게 그대로 티가 나는 건가, 하면서.

정한수가 그런 진유청을 보며 피식 웃었다.

"자, 다 왔다."

정한수가 오호 친구들과 함께 간 곳은 볕이 잘 드는 잔디가 있는 무양전 인근 공터였다.

"음?"

진유청이 걸음을 멈춘다.

저번에 인사했던 사도진은 물론, 별로 마음에 들지 않았던 소기까지 있는 자리다.

진유청 자신이 하도 거절하여 정한수의 오기에 불이라도 질렀던 건가?

어쨌거나 불쾌했던 진유청이 자신의 앞에 서 있는 정한수의 등짝을 엄지와 검지로 비틀어 아프게 꼬집어 줬다.

"아얏!"

"뭐야, 너."

진유청이 신경질을 내려 하자 정한수가 그의 말을 막는다.

"그때 얘기한 거 생각 안 나?"

"그때라니?"

진유청은 당장 필요한 것과 자신에게 쓸모 있는 것만 기억할 수 있는 아주 유용한 머리를 가졌다.

"왜, 그…… 여자 소개시켜 주는 거면 안 가리고 나와서 조용히 앉아 있는다고 했잖아. 잘 봐. 저기 여자아이들 몇 명 있지?"

정한수가 진유청의 기억을 일깨운다.

모르는 척하기에는 이미 저쪽 풀밭 위에 앉아 있는 이들
이 모두 자신들을 보고 있어 돌아가긴 늦은 것 같다.

"으휴, 이 사고뭉치."

진유청이 정한수의 머리를 쥐어박으려다 말고 멈칫한다.

풀밭에 앉아 있는 아이들 중 이제 막 아홉 살 정도 됐나.

새카만 검은 머리카락에 맑은 갈색 눈동자가 예쁜 여자
아이가 눈에 들어왔다.

"……안설희?"

"어? 유청이 네가 설희를 어찌 알아?"

정한수가 의아한 듯 물으며 진유청을 돌아보는 데…….

이 자식 또 어디로 튀었어?

정한수가 생글 웃고 있는 눈초리를 파르르 떨며 주변을
둘러보다가 저만치 도망치고 있는 진유청을 발견하고는 바
닥에서 돌멩이 하나를 집어 들었다.

"이거 던질 거야."

진유청이 등 뒤에서 큰소리로 들려오는 말에 힐끔 고개
를 돌렸다 식겁한다.

"그 바위는 뭐야?"

"돌멩이야."

정한수가 밝게 웃으며 하는 말에 진유청이 콧잔등을 찡
그리더니 터벅터벅 다시 정한수의 옆으로 걸어왔다.

"너 안설희 알아?"

정한수가 재차 묻자 진유청이 대답했다.

"몰라."

아주 간단하다.

정한수가 진유청을 흘겨보더니 녀석의 팔을 꼭 잡고 자신들을 구경하고 있는 아이들에게 다가갔다.

"미안, 이 녀석이 부끄러움이 많아서."

눈도 깜짝 안 하고 거짓부렁을 지껄이는 정한수를 보고 진유청이 속으로 혀를 찬다.

"그랬나? 나는 그렇게 안 보이던데."

"도진이 너, 유청이를 알아?"

정한수가 의아한 듯 묻자 사도진이 대답했다.

"저번에…… 한 번 봤으니 이번이 두 번째군."

"두 번째?"

정한수가 놀라서 외치자 진유청이 딴청을 피운다. 별로 달갑지 않은 만남이라 끝까지 얘기 안 해 준 게 화근이 됐다.

"뭐야? 그럼 나도 모르게 벌써 아는 사이였던 거야?"

"말하자면 그렇게 되나?"

어깨를 으쓱하며 아무렇지 않게 대답하는 진유청이 더욱 얄미웠던 정한수는 진유청의 옆구리를 움켜쥐고 콱 비틀어 버렸다.

진유청이 입을 떡 벌린다.

무슨 내공을 실어 비튼 것 같은 강도로 옆구리 살이 한

웅큼 뜯겨 나간 것 같은 기분이랄까?

아까 진유청이 꼬집은 것에 대한 복수 겸 괘씸죄까지 포함된 듯하다.

둘이 선 채로 아옹다옹하자 사도진이 손짓했다.

"일단 와서 앉지."

정한수와 진유청이 사도진 건너편으로 가서 자리를 잡았다.


일단 엉덩이를 붙이자 정한수는 이런저런 애기를 해 가며 분위기를 주도 했고, 진유청은 이왕 이렇게 된 거 뚫어져라 안설희를 쳐다본다.

처음에 본 게 언젠지는 기억나지 않는다.

하지만 어느 순간 깨닫고 나니 자신은 언제나 안설희를 보고 있었다.

습관처럼.

"절 아세요?"

안설희가 가냘픈 목소리로 묻는다.

자꾸만 자신에게 향하는 진유청의 시선이 부담스러웠는지 고개를 푹 숙인 채다.

진유청은 피식 웃으며 대답했다.

"잘 몰라요."

"네?"

그렇게나 빤히 쳐다봐 놓고 저렇게 당당히 모른다고 하

다니.

안설희가 눈동자를 살짝 들어 올려 진유청을 본다.

진유청이 안설희와 시선을 맞추며 말했다.

"이제 천천히 알아 가면 되죠, 다른 사람들처럼요."

주변이 조용해진다.

"유청아. 너 원래 이렇게 느끼했어?"

정한수가 팔을 들어 올리더니 벅벅 긁는다.

"느끼한 건 꼬마 아가씨의 마음에 상처를 주지 않기 위해서가 느끼한 거고."

진유청이 반격한다.

"그게 어때서!"

정한수로선 인정할 수 없었다.

"사이가 좋군."

사도진이 둘을 보며 재미있다는 듯 중얼거리자, 안설희가 무의식적으로 사도진에게 몸을 기울이며 그의 팔에 손을 올린다.

"그러게요. 부러워요."

"뭐가 부러워?"

"저도 저렇게 다투고, 장난치는 친구가 있었으면 좋겠어서요."

안설희의 말에 사도진이 한층 부드러운 어조로 말했다.

"이제부터라도 많이 사귀면 되지."

"네, 그러고 싶어요. 진 오라버니께서 많이 도와주세요."

안설희의 눈동자가 가늘게 휜다.

진유청은 그런 안설희를 좀 전보다 더 강한 눈빛으로 바라보고 있었다.

"유청아?"

옆에서 보고 있던 정한수가 다 민망할 지경.

"너 왜 그래? 혹시……?"

정한수가 진유청의 옆구리를 쿡쿡 찌르며 귓속말을 한다.

진유청이 안설희에게 시선을 거두며 대답했다.

"아니, 그런 거 아냐."

"다행이다. 저 애, 사도진을 좋아한다고. 괜히 둘 사이에 끼어들었다 피곤해지지 말고……."

"말도 안 되는 소리 하지 마."

진유청이 핀잔을 준다.

"그러면 다행이고."

진유청의 말에 정한수가 고개를 끄덕였다.

진유청은 안설희를 다시 보면 어떤 느낌이 들까 많이 생각했었다.

예전처럼 사랑할까?

예전처럼 아파할까?

그런데 사실은 고민할 필요가 없었던 건가 보다.

예전에는 보지 못했던 게 보이고, 예전에는 알지 못했던 걸 알게 된다.

그녀가 달라진 게 아니다. 그녀는 같은 사람이지만 내가 달라졌다.

그래서 서글프냐고 묻는다면, 글쎄…….

그렇지는 않은 것 같다.

많이 아팠으니까, 많이 방황했으니까, 그 사랑은 저번 생에서 충분히 온몸으로 부딪쳤다.

이제 나 혼자 잡고 있던 끈을 놓아줘야지. 그런 기억이 있었다는 것만 남겨 둔 채로.

나쁜 습관은 고치면 그만 아니겠나.

그리고 이번 생엔 예쁘고 다정한 누님을 만나 포근한 가슴에 안겨서 한평생 살고 싶다.

나만 좋아해 주고, 나만 사랑해 주고, 나를 비참하게 하지 않을 그런 사람과.

뭔가 풀어헤쳐졌던 실타래 중 한 묶음이 정리된 기분이다.

진유청이 한결 개운한 얼굴로 웃었다.

물론 소기와는 처음부터 헤어질 때까지 한마디도 나누지 않았지만.

◐　　◐　　◐

그날 밤.

진유청의 꿈에 혜아가 나타났다.

"혜아야!"

진유청이 놀라서 혜아를 부른다.

혜아의 등 뒤로 여우 꼬랑지가 여덟 개나 붙어 있었기 때문이다.

"나쁜 놈!"

"아, 또 왜!"

진유청이 인상을 구긴다.

비록 꿈이지만 자신은 오랜만에 보니 반가운 마음이 먼저 드는데, 혜아는 그렇지 않은 모양이다.

"반말하지 말랬지!"

혜아가 새침하게 고개를 돌린다.

"여태까지 반말 계속했잖아!"

"하지만 내가, 내가…… 누나란 말야!"

혜아가 갑자기 눈물을 방울방울 쏟아 내며 운다.

"으아아앙!"

그, 그게 그렇게 억울했냐?

다섯 살 때부터 한 반말을 갖고 갑자기 왜 시비야?

진유청이 미심쩍은 눈초리로 바라보자 혜아가 여전히 진유청에겐 자신의 눈물이 통하지 않는다는 걸 알고 입을 삐죽댄다.

“칫! 유청이 나빠!”

“맞아, 나빠!”

……누가 또 저런 말에 대꾸를 해 주고 그러니?

붕어? 아니 잉어인가?

진유청이 주위를 둘러보자 분명 혜아와 자신만 있던 공간에 여러 동물들이 뛰놀고 있다.

자신의 붕어들은 용이 되어 혜아와 자신 사이에 똬리를 틀고, 개 두 마리는 혜아의 발치에 엎드려 자고 있다.

……잠깐, 개 두 마리?

확실히 머리는 나채환과 정한수가 맞는데, 몸은 개다.

그럼 이거 개꿈인 거야?

진유청이 입을 쩍 벌렸을 때, 어디선가 털도 듬성듬성 뽑혀 있고 피죽도 못 먹은 섯 같은 초라한 개 한 마리가 터벅터벅 걸어와 진유청의 앞에 뻗는다.

“넌 또 뭐야!”

진유청이 개의 목덜미를 콱 쥐고 들어 올리는데, 갑자기 개가…….

“크에에엑!”

진유청의 얼굴이 침으로 범벅이 된다.

이 딴 개꿈!

빨리 깨게 해 줘! 왜 갑자기 이런 꿈을 꾸는 거야!

진유청이 절규했다.

"누, 누님, 잘못했어요······."

진유청이 잠꼬대를 한다.

"유청이가 왜 저러지?"

권오현이 걱정스럽게 말한다.

"쟤 누나 있었어?"

나채환에겐 금시초문인 이야기다.

"없을 텐데? 형만 하나 있다고 했어."

정한수가 자고 있는 진유청 대신 대답했다.

"누, 누나······."

진유청이 같은 말을 되풀이하며 계속해서 끙끙 앓자 세 사람이 진유청을 내려다보며 동시에 고개를 갸웃거린다.

"이 녀석도 누님 취향인가? 꿈에서 웬 누나를 이렇게 찾아?"

정한수가 피식 웃으며 말했다.


<『귀환! 진유청!』 제4권에서 계속〉

# 귀환! 진유청!

1판 1쇄 찍음 2010년 8월 21일
1판 1쇄 펴냄 2010년 8월 25일

지은이 | 로 토
펴낸이 | 정 필
펴낸곳 | 도서출판 **뿔미디어**

기획 | 이주현, 한성재
편집책임 | 장상수
편집 | 권지영, 심재영, 조주영, 주종숙, 이진선
관리, 영업 | 김미영
출력 | 예컴
본문, 표지 인쇄 | 광문인쇄소
제본 | 성보제책사

출판등록 | 2002년 9월 11일 (제1081-1-132호)
주소 | 부천시 원미구 상3동 533-3 아트프라자 503호 (우)420-861
전화 | 032)651-6513 / 팩스 032)651-6094
E-mail | BBULMEDIA@paran.com
홈페이지 | www.bbulmedia.com

**값 8,000원**

ISBN 978-89-6359-581-8 04810
ISBN 978-89-6359-513-9 04810 (세트)